中国画文库

书桌画案

王　犁/著

四川出版集团
四川美术出版社

图书在版编目（CIP）数据

书桌画案／王犁著.
－成都：四川美术出版社，2008.1
ISBN 978-7-5410-3523-4
Ⅰ.书… Ⅱ.王… Ⅲ.中国画－研究 Ⅳ.J212
中国版本图书馆 CIP 数据核字（2007）第 197158 号

中国画文库 · 书桌画案
Zhongguohuawenku · Shuzhuohua'an

策　　划　怀　一
责任编辑　李咏玫　汪青青
装帧设计　二月书坊
图文编辑　刘文成　陈　旭　马志磊
责任校对　培　贵　倪　瑶
出版发行　四川出版集团　四川美术出版社
地　　址　成都市三洞桥路 12 号　610031
经　　销　新华书店
印　　刷　北京北方印刷有限公司
版　　次　2008 年 1 月第 1 版
印　　次　2008 年 1 月第 1 次印刷
成品尺寸　145mm × 210mm
印　　张　6
图　　片　32 幅
字　　数　80 千
书　　号　ISBN 978-7-5410-3523-4
定　　价　29.00 元

目次

前言／零零伍
成长与阅读／零壹捌
人物与感怀／零捌捌
行记与访谈／壹肆柒
后记／壹玖贰

画桌更是书桌

何怀硕/题

前言①

穿行与耕耘

王良贵/ 文

现代汉语词典2002年增补本，第771页：

犁：①翻土用的农具，有许多种，用畜力或机器(如拖拉机)牵引：一张～。②用犁耕地：～田。

汉字在一个人的姓名中往往失去它的本来意义，成为一个绝对的符号，比如某穷男人叫做“李富贵”，某个丑陋的姑娘叫做“徐美丽”，这是很奇怪的事情。说明有两个事实绝对无力改变，一是人们对未来的无力测知；二是文字在用于姓名时不得量身而用的命运。所以，面对这个名字/王犁，你不要联想到田头的农夫，那些不要力气的联想往往是错误的。这个符号，来自王犁那牧童出身，有着浓厚的恋乡、恋牛情结的父亲，他把一对儿女分别取名为“犁”、“犇”。

一种农具，以及这个农具对应的动词——犁，在这里标志着一个独特的人物，在杭州，这是一张著名的“犁”，王犁如今在他的砚田中，在钱江南岸，进行着城中的笔墨耕耘。

我们的朋友高士明笔下的“被浪花围困的小城”，指的是我和王犁共同的故乡——那座如今通常在回忆中出现的浙西山城千岛湖镇。直至今日，我依然能体会到“围困”的更深含义。我最初与王犁的认识，起于彼此间的“听说”，在这中间，淳安那一帮我陆续交往起来的文友们起了非常要紧的“告诉”作用。那时的我有着与年龄毫不相称的稚拙、木讷和痴傻，还有着至今想来深深后怕的阴暗，默不作声地与人交往，满怀心事地到处蹭饭，回来在房子里独自于内心褒贬人物。王犁来了，像是一道阳光来看望一条阴沟。1995年的暑期，他穿着纤夫装来了，我在阳台上炒菜，手提锅铲愣愣地打量这个突如其来的家伙，情景活似一个极度内向的自卫者与一个不明来意的歹徒的对峙。这时王犁开口，且善且柔，约我晚上去某处喝酒侃谈。这是我们第一次见面，第一句话的内容，他像认识我二十年似的。

那时对于淳安来说，王犁是个成功突围的“出去的人”，从千岛湖畔移形换位到西子湖畔那座著名的艺术学府。王犁归乡的日子，总是淳安文友的节日，只要王犁一到，文友们必奔走相告：“王犁来了！”通常隔个一年半载，王犁犹如一个手掌暖烘烘的兄弟来到一群平常无语的人群之中，他天性的昂扬与乐观，带给朋友的总是快乐，仿佛让你觉得，这世界本是一个喜剧舞台；他透明而又流动，你有一点优点他就真诚“崇拜”，且问寒问暖，雪中送炭；在饭桌上妙语迭出，增加饭量；重情重义，乐于助人，在圈内有口皆碑。在朋友们看来，王犁是一个绝对稀有的找不到缺点的人。

与王犁最初的交往，让我感觉，这个人大约是上帝的朋友。对于众多朋友而言，他传播着平淡而实在的情义；于我而言，他还传播着不期而至的福音。新世纪之初，我的人生道路正是惶恐桥连着零丁洋，王犁数次造舟相渡，从浙江中国人物画研究会开始，虽另有颠簸，我终是与美术界结下了令我感恩的缘分。不能忘记的是王犁第一次带我去见吴山明老师的情景，我感觉他的紧张胜过我的紧张，表现为一再的安慰和叮嘱，在他为朋友寻找道路时，他几乎整个儿站到了我的位置。此后多少年来，我在王犁身上感受到的，是他的只有付出不图接受的情义。他在广交深结中树下的良好口碑，在某些要紧的关口上作了成舟之木，助我在颠沛年月中渡过了一些惊险。所谓朋友即道路，我对此深信不疑。

王犁自己说，他很有“老人缘”，这个“老人缘”，实质上就是真诚的敬师，他的“敬”，甚至有着浓浓的亲情，每个节日，他总要提到一些老师，“一定要去看看他们”。我曾多次与他一起拜访画坛前辈，早已登上讲坛的他，把前辈的家当作另一个课堂，专注聆听，萦记于心。他经常请师辈们讲艺事心得和人生经历，其中有些是有趣的逸事，有些是艺技的指点，偶然的一句可能是打开创作上进步之门的钥匙，他会作一些记录，整理成文，这些都将随着岁月的流逝而成为珍贵的资料。

以斋堂馆阁名"颜其居"是历代墨客的习惯，如今这一雅兴大多在画家一侧得以保留。现代浮躁的城市生活中，对居室的命名显示着一种开辟独自所有的心灵空间的意思，在市声喧嚣包围之中的画室，哪来的林泉高致，山水清音，画家们在钢筋水泥构筑的相似结构的厅室之中挥毫，同时需要的是一种寄托的心境。王犁把他的居室称作"兴坞居"，这个名字需要画家本人加以解释，"兴坞"是童年时他外婆家所在的小山坳的地名，显而能见对亲人、对童年时光的萦怀，对那些即将消逝的记忆作出刻下痕迹的挽留，在城市中留一份怀乡之念，在年龄的紧张递进中，留一份朝向童年的回望。

画家在城中的迁居，等于某个地方的重新命名。我想，这座城市不止三个地方叫做兴坞居了，生活痕迹流动不定，却在城市之中留下值得回忆的线索，是件很有意味的事情。上世纪之末的一段日子里，.我曾在松木场附近的兴坞居度过半个月。现在看来，那是一段值得庆幸的时光，不见千条路，一个惊慌人，每个黄昏当我穿过世贸中心附近街面的滚滚红尘，走向兴坞居的时候，我就想到门板上宣帆的小像，我知道那里依然藏香缭绕，散发着安抚人心的清芳，王犁在准备晚饭，我尚能把朋友的家作为一个港湾，安置流浪心情，准备一个新夜的虚梦。

王犁对居室的打理堪称精细，洁净无尘，橱柜书架摆放齐整，巨大的画案上的文房摆放有致，犹如一队队兵士面对他们随和中带着严威的将军，这来自于他对居室中的一切那自然随手的管理习惯。在生活中，无论在私人空间还是与人交往，王犁是不可复制、难以学习的清澈样板。

因为王犁那种世人皆能为友的真诚与和善，兴坞居人来人往煞是热闹，他与各路人马都能倾心交流，与杭城众诸侯泡茶论艺，隔三差五也有远方的朋友来此中转。我在兴坞居认识了许多后来对我多有助益的朋友。但那时候，我还不太能融入"犁牌沙龙"的气氛，只是发觉了一点，"在浙江艺术学校旁边那间白天也要开灯的房子里，王犁的椅子远远不够"。

这个杭城著名的"穿针引线者"，是智慧和有趣的代名词。在交往中很自然地给人一种一见如故的感觉，隔着五十米，能听到他泄洪般的笑声，仿佛新安江大坝被人一脚踩垮。同时，王犁是个引人倾诉的倾听者，他那种把自然与动情糅为一体的样子，让人觉得，在他的脸上，上天赐予了过多的诚恳。我想，这也是他之所以朋友遍天下的原因。如果朋友是一个职业，他是一个为数极罕的天才。因此，王犁经常能在他自己不知道的时间地点，在另外两个朋友之间，得到“问候”，我的朋友会面，总会彼此问询：“你最近见过王犁么？”

众所周知，王犁是个好读之人。“在阅读中成长”，很说明他的日常化的阅读状态。兴坞居触目都是书和画册，长期逛书店买书的习惯，使他对杭城各家书店的特点、发展和移址情况，哪家各科齐备，哪家脸面亲和，都了如指掌，还有文感叹。他经常请人“荐书”，然后呼啸着出门寻觅。一本《荷尔德林诗选》，他如此写道：“阅读中掩饰不住那份肃穆。”在这样一个非诗时代，谁能想到，肃穆，在一双画画的手上，竟还捧有肃穆的阅读。王犁对书闻名即动的态度，在旧书摊反复淘购的精神，以及对应与书有关的人物的那种“爱憎分明”，因为对《英儿》的偏爱而将《魂断激流岛》购而撕碎的故事，真是个不遮性情的家伙。

由于写过一些分行文字，我在王犁的圈子中，是以某种现今已不方便大声提及的身份出现的。有很长一段时间，我费解于他对诗歌和小说的兴趣，拿他自己的话说，是“在现当代文学情境中找乐”。当我读到王犁笔下的文字，却理解了阅读之于他的意义，完全不是“找乐”，也不止于“在阅读中成长”那么简单的六字概括。图画和文字，绘事与写作，称为同一个“笔墨”，王犁在两者之间穿行，拥有两种表达流露方式，也就拥有两个憩息家园。

相比而言，我更习惯通过朋友的文字进入他的内心，那是一个由叙述语言的张力而撑起的，无需多费观察的空间。最初让我通过这种直接的“倾听”来了解王犁的，是他写于1995年行藏途中的《印证自然·九五西藏之行》，这是画家在自身行迹之上的思量与体味，显示了他对诗性语言的体验和把握。在其中，我读到的不是单纯地理意义上的游历，和我们已经听惯了的关于西藏的各种言说，我在文字的引领下步入西藏的戈壁和雪山，同时进入艺术和宗教的纠结，自然和行游其中的心灵的纠结。他写道：“我渴望一种灵魂的皈依，于是我选择了西藏，传说那是一片圣洁的土地。”“在我的内心深处，艺术和宗教是那么的接近，而现实中我只能看到远不可及处神灵的光芒。我得用心灵寻找自己的纯正，努力接近心灵深处的神。”我们知道，对于众多的游者而言，西藏只是一种难得一近的风景的观感，而非经历一次圣地的洗礼；同样，非止于生活，甚至在看似高洁的艺术追求之中，人们常烦扰于数字的计算，而缺少心力的切入。王犁在“印证自然”，同时也在“印证”自己，接近高远，而高远还在高远处，其中，有着神灵远不可及而又心向往之的慨叹。在这里，西藏是凄迷景色和庄严神光二者共在的西藏，孤独心灵在此冥思的西藏，宗教和绘画艺术气息弥漫的西藏，画笔在此有物可记、画心在此有情可感的西藏。

王犁创作的藏民题材的作品收获颇丰，1996年《拉萨·拉萨》，1999年《格萨尔》，还有后来陆续出版的藏区速写。我见过其中一些作品在画板上逐日成形的过程，始知绘画远不是闲情逸致，而是扯动心神的艰苦"劳作"。这些作品将对藏区天地的虔诚亲近和仰望，凝结为那里的人之形象，这个写而成像的过程，让人直接可感的，就是笔墨的重量。王犁，这个在石头上栽种雪莲的人，这个在戈壁滩的边缘写下"善良"一词的人，左手诗集右手画笔的人，在与画板上高出头顶的群像对视的那些日夜，希求的是什么呢？他说：

我崇尚纯正和直接。

很难，不可能进入，只有努力接近。

从中国美术学院毕业以后，王犁最初参加的重要展览，应是"多向选择"人物画展。多向选择，似乎既意味着个人作品在集体阵容中的独特亮相，也意味着每个画家在生活和创作中发生的自主的变化。画水墨人物的画家，如今主要还是集中在学院，"多向选择"的参展者大多离开学院不久，是进入社会之后的初次聚会。这样的聚会展现的是新锐力量的活力，多人的亮相，也完全呈现了展名所寓含的各有特性的创作姿态，主题的定位选择，技法的展示，都向观众散发了这群年轻人各自为营的“多向”的绘画激情。

近十年间，王犁的生活轨迹也在实现着多向的选择，从河南大学，到浙江艺术学校，再到中国美术学院，他完成了向母校大门的回归。这条成功的回返之路上，不用说，有多少风雨尘土与艰辛努力。与此同时，作为一个成长中的画家，完成的是从激情迷茫向冷静安定的不懈趋近，现今的校园已非当年，虽然南山路东侧，还留着青春的印记，在青砖黛瓦之间，能触及到的，只是一个学子的记忆，这份记忆在象山校园的某张讲台上得以向如当年的自己一样的年轻面孔们讲述。在这近十年当中，从《拉萨·拉萨》《苦庙》，而《快乐天空》，再到《女人》，他的创作，从高远的藏区回到了此身所在的江南，从六米巨制的粗犷撼人，回到了小幅水墨的淡然怡心，从行游远途的激情四溢，回到了湖畔弄墨的生活图景，从雪山戈壁的心神飞扬，回到了窗前里巷的城中静观，在最近的时间刻度上，他接近并准确捉住了生活中倏然飘忽的柔性的温情。

几年前，王犁的兴坞居南渡过江，在彩虹城中，他终于有了放置巨大画案和几十个纸盒才能装完的书籍画册的空间，遗憾的是，这样一来我们见面的机会大大减少。前年我和西安作家李廷华到访过一次，李老师是个“书人”，也不敌兴坞居书架的吸引，大半时间未曾落座，王犁在书架前随着李老师缓慢游移，如数家珍。我每次打电话给王犁，他或者说：“课多，要看好学生，这是最重要的。”或者说：“有时间属于自己了，把自己关起来，读些书，画些画。”这就是王犁的生活内容，万事纷扰，他心中自有严肃执行的前后序列。王犁的“南渡”，非宋土后半叶的安图宁逸，而是一处展开另一创作阶段的新的领地，或开卷独研，或俯读画案，高原之风曾经吹拂过的心境，在钱江之南得以湿润，并经擦拭，这个阶段的王犁更为沉着清凉，于是有了《呓语江南》。

应能注意到，王犁自初出师门的集体留影式的人物造像，《苦庙》式的凄苦如雾的面容，在这样的墨线下显影的凝视苍生的悲悯，转而用线条勾勒现实生活的幽静图像，而这图像中的人物，又分明带着青春的扭结与淡淡的忧郁，他是在中国人物画源远流长的传统之河中，犁开了一道属于自己的切合于真实心境的细小脉线。这就是他的创作走向，这一切的选择，无论如何转折，都是向着“水墨品质”而行，水墨的品质，也就是画家自身的品质，是冥思省心之后的深沉积淀。我能感知他在一笔一墨中要表述的语言，一个把绘画当作劳作的人，一个因为绘画而快乐的人，他的快乐，由于不辍朝夕的案上体验而发自内心深处，日日夜夜去向内心更深之处。

人生之路最为可贵的，莫过于顺乎心意，夙愿贴合生活。王犁成功地将对自己孩童涂鸦的“崇拜”，坚持而为一条延续不断的前行线索，从一开始，书写的就是完全属于他个人的、与生命进程合一的完整的笔墨进程。他总是说，“喜欢”，因为喜欢，所以在此，一直在此，这是何等幸福的事情。艺术最为可贵的，当为现实品格。这个年代的画家，在钢筋水泥铝合金和各种装修材料筑成的商品房中，如果还在重复千年转手的老一笔丘壑深泉、花开虫鸣，乐于宣纸和纸币的比例计算和兑换，我觉得是一件可耻的事情。特别是中国人物画，当报纸的版面上充满复制粘贴的钟馗仕女，当一些玄乎其玄的臆造图案跃上墙面，我有着这样简单的偏执：忠于自己的视觉向往，我只愿意走向直面当下的作品，只有在这样的纸面上，才能见到命运与时代的共同呼吸，身体与其周遭的真切对话，心目与其所见的诚实感应。“安静地画点自己真正想画的画，会更加接近现在的现实，会更切合实际”，这句话的简单朴实令人动容，这朴实是画家王犁面对自己的独白。由此，我感到难以言说的亲切。中国人物画是关于“人”的，此“人”必有纸上的血肉，必为“活的真人”。王犁创作的两个大的方面，凝重造像和鲜活生活，前者我愿意称赞，后者我乐于接受。

王犁无边无际，我时而觉得他常在左右。在我看来，王犁的生活状态一直是我心目中的可羡的样板，简洁执著，爽朗达观，用一颗温热的心对待人事，文字用于美妙的游历与穿行，而绘画是他日日深入耕耘的艺术田地。很高兴有这样一段时间，让我同时面对文字与朋友，这次长达十数天的，我对心中的王犁的凝视，让我明白，我的表达到达不了我想表达的地方。不知不觉，我也进入了“很难，不可能进入，只有努力接近”的情境之中。

②成长与阅读

我的现实主义热情

现实主义热情不是一种现象，也不是一种流派，它是绘画的一种状态。在南方它显示出某种流动、飘逸、轻灵、敏捷，在北方它显得严峻、凝重、结实、朴素。对于某个“个人”，现实主义热情意味着一种独特的语体。

当我被迫开始考虑创作的时候，我的思想突然进入一种关于现实主义的情景，我在这里用了“被迫”这个词汇，是因为自己并没有为个人的言说做好应该的阅读准备，而创作在一个青年学子心目中是一种言谈的高贵形式，对这个并不是突如其来的命题(创作和论文)，我手忙脚乱。因为作为一个并没有完成倾听的我来说是没有理由言说的。

1

“拉萨 · 拉萨”是一个动词。

当我走出西藏这片圣洁的土地时，我的心灵得到某种莫名的印证，或者是找到了自然中得到印证的我。于是飘忽的心灵得到暂时的慰藉，是自然给予的慰藉，我总是在这种不停的倾听中寻找灵魂的安慰。倾听中有时是自然的声音，有时是神的声音："一切我所向着自然创作的，是栗子，从火中取出来的。啊，那些不信任太阳的人是背弃神的人。"(文森特·凡·高)匆忙中我开始了我的试述——我不承认自己开始的某种言说。

我所关注的是"我"对世界的观察和体验，强调我对我所体验到东西的独特表达方式，这就是我的现实主义。而对世界的阅读总是那么充满诗意，我想只有上帝认为是客观的，而我是一个人，是一个人在看，在感觉，在想象，而且置身在西藏这个特定的空间和时间中，我只能用我有限的、不确定的经验去表述。

因为表述，我回到了我的绘画，心情仿佛沉重起来，由于无数次的可能，绘画成为我最崇高的诉说形式，正如昆德拉所说的"非如此不可"①，我无比珍视这种"非如此不可"，会为她放弃一切。我甚至认为向人们诉说我的观察和体验是一件幸福而又高尚的事，然而我怎样才能开始我的诉说呢？

我不会停止我的倾听。

当有人问我《拉萨·拉萨》的创作目的时，我会说没什么目的，只是一种体力劳动。确实，我只是在这种过程中去体验自然的同时体验绘画，体验绘画的过程实际是一种劳动的过程，我坚信有时做了之后，过程会产生不可思议的意义；我将身体力行，哪怕是一种徒劳！现实中人造的概念使我应接不暇，各种主义又使我眼花缭乱，在这个流行“新”的时代，对“新”的表白只是人们在有关时间的文化记忆上产生出的一种错误的解读。现实主义作为我近期追求的选择，是因为珍视作品本身的可读，反对故意制造所谓个性的虚伪化与程式化，也蔑视类似畅销书之类的可读性，这种可读性只能趋于浅薄。

在阅读中把握住自己最切身的感受，最真实、最勇敢地面对现实是唯一的出路，我所追求的方式是不断地回到自己，不间断地考察和追问自己的绘画动机和艺术热情是否真实和纯粹。我渴望真实和纯粹。因此我不想把绘画看作追求成功的一种方式。在未来的追求中，我会用绘画来证明我阅读的勤奋和专心。我努力使我的绘画处于一种状态，处于阅读的状态。在自然中与自己交谈是一种对话，也是阅读的重要形式。在自然中印证自己，在自然中我才能感觉到自己的存在。从某种意义上说我是一个非常自私的人，这些年来我总是在迷茫中思考自己的存在，关注社会有时只是为给自己谋求某种契机，唯有绘画逐渐成为我灵魂的栖居方式。那一刻虽然是种宿命的选择，一切的借口，一切的附庸都微不足道。现在我想说，不是因为我选择了绘画，而是因为绘画在向我接近。我开始原谅本初的那些附庸的动机，多少次庆幸自己早先这种无故的选择。

面对社会善意的世故，我又能怎样？我只想感谢社会给予我这种诗意的可能！

2

学院的生活使我们有机会挑剔地审视人类优秀的传统，学院的生活又使我在命题来临之前得到师长们宝贵的提示：

“从总体上说，当今中国人物画的主要研究课题，不是什么意象造型，不是什么笔墨的独立审美价值，不是什么回归似与不似……，而是如何真诚地去反映生活，去描写新形态的人，在这种过程中磨砺，发展表现方法，表现语言(包括把传统的笔墨形态发展成现代型的笔墨形态，及其组合规律)……”②

“怎样保持浙派人物画的笔墨优势，而又能深入刻画物象，这是问题的关键。……既保持笔墨的清灵而不失厚重和力度；既有严谨的造型，又能体现笔墨松动多变；既有骨力，又有势韵。这一课题，已成为国美学子所超越的目标。”③

我开始思考创作的思想支柱，纷争的思维堕入现实主义的情境。我开始寻找一种近年来人们仿佛羞于启齿愧于言谈的现实主义热情，那就是我一直谋求的画面本身的力度，一种略带说教的崇高感。不知从什么时候人们开始回避绘画的主题性，回避革命现实主义的高尚情怀，但前辈艺术家留下的作品(如《怒吼吧！中国》《延安火炬》)呼唤着我。我想说，在不停地阅读中，我感觉到前辈艺术家面对生活面对绘画所表现出的真诚和纯粹。我渴望这种真诚和纯粹。

绘画《拉萨·拉萨》及我未来的绘画，我只想用我的劳动和身体力行去证明在流于世俗的人性层面之下，仍然有“神圣”、“精神”、“清洁”、“理想”的存在，我也知道世俗并不等同于庸俗，只要有善意的存在，人们仍然拥有对崇高感的渴求。

这就是作为一个理想主义者的现实主义热情。

是阅读使我慢慢感知到少数人类所拥有的神性意识。在未知的将来我会努力完成一项艰巨的工作，我要阅读古代的历史著作、小说、书信。只有阅读才能让心目中的神永远在身边。

“拉萨·拉萨”是一个动词，首先它提示了我的西藏之行，西藏的体验和经历，它又提示了我两个月行程经过和感触的这个行为本身。同时《拉萨·拉萨》是一幅画的名称，作为一个动词提示了我半年以来的阅读和劳作，同时它也抵达了我此次创作的本质。

因为劳动才能感受什么是绘画的品质，不断地省察绘画的必要性才是以绘画作为语言的艺术家所必需的品质，这正是我不把绘画当作成功方式的理由，因为社会给予人们许许多多的生存方式，多少次的偶然，使我只选择了绘画。绘画与其说是完善自身的需要，不如把它当成走向本真的路途。虽然这只是一个遥不可及的理想，然而一个人如果抛弃了崇高的理想，漫长的人生只是一种残酷的负担。我要努力使自己成为一个勇于行动，而不停留于幻想的理想主义者。

劳动将会告诉我绘画不应该成为我简单的生存策略，而应成为我未来的存在方式，我的言说方式；劳动也将推动着我去寻找这种言说的可能性。用人类的良知、简单的生活常识与丰富的史料去述说绘画，我又是那样的力不从心。我需要一种属于现实的生活经历，我需要全身心地投入绘画，我更需要继续阅读。

现在我拥有的知识体验，并没有进入高贵的绘画，我只有在不停的体验过程中加深对言说技艺的把握，耐心等待言说时刻的到来。半年来的所谓创作，实质上只是对操作技艺的进一步把握，我珍视这种十分劳累的过程。

关怀现实，体味世界的朴素和深刻，努力地生活，追求光荣、人道主义等仍然是时下艺术家们所应该关心的终极目标。

个人经历和历史经验又给我们设置了两难的语境，造型力度上的视觉冲击力以及笔墨意趣上的审美感染力同时临幸在我的面前：经历和经验使我缺少选择的理性，更多的是作诗意的漂浮。我意识到我的体验只是对前辈师长所营造语境的简单抄袭和并不高明的拷贝，而这种抄袭和拷贝，随着作品的陈列，事实上已经成为一种公开的言说。虽然我仍不承认我开始了自己的言说，我一直认为这种高尚的言说是师长们正在进行的事业，而自己的任务是努力去完成属于我的倾听，在倾听中完成对言说的准备。

3

从哲学的角度来讲，一切现实都存在证伪的可能，可我仍然对现实主义倾注无限的热情。在早已开始的语词阅读中，我有机会亲近凡·高、荷尔德林的19世纪，以及屈子李杜的古代，学院的学习生活又使我有机会亲近我尊敬的师长。

我要把我的友谊和热情奉献给比我高尚的人。

半年来随着不断重复的劳作和画面的推进，这幅画的创作动机越来越简单，越来越显著，最终的完成对于我个人来说已经毫无意义，只是越来越感到近乎体力劳动的热情不断地高涨起来，伴随着纯净的阅读，思想的节奏也越来越快。这时，总有失语的尴尬迫使我开始自省；用一个理想主义者的现实主义热情，对以往学习的自以为是进行严肃的检讨。用真诚和汗水，去寻找应该属于我们的艺术良知和绘画品格。

面对现实，实际的能力将使我的作品最终流于一般的图示，我认为只要付出了思考和汗水，我会原谅自己这种图示的最终浅薄。

对画面水墨审美意趣本身的变相玩弄瓦解了现实主义最终的表现力。我努力在感觉进入到人的感官中心的"光线弯曲"。作为渴望成为一名地道的中国画家的我来说，有一种摆脱不了的人格意义上的中国情结，那就是对笔墨本身的无限痴迷和追求。正是这样，我看到未来的人物画创作中都存在着一种令人不快的品质，使我想起托马斯·艾略特在论述布莱克时说过的一句话："伟大的诗具有一种不愉快感。"那就是在对宋元以前伟大传统的追溯过程中，摆脱不了对宋元以降文人画笔墨情趣的迷恋。

我甚至以为绘画的过程如同一种体能训练。体味绘画的过程才是个人自身的需要，我深信对于一个深入地专注于艺术创作的人来说无所谓胜利还是失败；这与精神麻木和无动于衷迥然不同，这种绘画态度的指向是妄图寻求一种有所节制又不失深刻有力的语言形式。

80年代以来以西方为本位的各种主义在中国逢场作戏，是我们时代语言堕落的表现，在本质上呈现为语言的贫乏，它更使我想起《菜园小记》(吴伯箫著)等革命现实主义文艺作品的朴素清新。

在今天，人们的心底依然期盼着这种并不久远的朴素与清新。因此我确信，在今天，只有纯粹的理想主义者才能有真正的现实主义热情。

伟大的传统仿佛神示诗篇呈现在当代学子面前，显得高贵异常，而我只有追随着虔诚的人们在劳动万岁的神示中顶礼膜拜。

1996年6月19日 南山路

注释：

①"Muss es sein！"(译为"非如此不可！")米兰·昆德拉：《生命不能承受之轻》，作家出版社1991年3月第一版第47页。

②刘国辉：《关于人物画兼谈人物画高研班实践》，《中国人物画高级研修班作品集》，浙江美术学院出版社1993年9月第一版。

③黄发榜：《国画人物班毕业创作小议》，《当代学院艺术》第二期，河北美术出版社。

王犁 · 邢弄写生

纸本墨笔 · 104cm × 70cm

2007

感叹杭城

在读书人的意识中，书屋的坐落和取向，直接显现了该城市读者群落的大体走势。记得上学那几年，走出南山路就是湖滨的杭州书画社，左一拐右一拐便是官巷口的市新华书店。国营的店自有国营的好，琳琅满目，各科齐备。西泠印社的门市部，到底是常客，总有些面熟，翻翻看看也能得到主人的热情相待。而官巷口那家，在开架之前却有些吃力，就说文学类的那摊，多看两本或许会吃到两三颗白眼。众友聊起亦有些无奈，谁叫自己有如此癖好，三两天走上一趟心里才舒服些。

这几日看五四文人留下的书话，访书的难处是早有的事，爱书者的心情也大抵相同。1994年寒季去广西，过衡阳转车，便想，既然到了这里，总得感受一下潇湘夜雨"莫大"先生的形影吧？索性呆上一天与郑宇兄在回雁楼一带乱逛，偶然走进一家不起眼的书屋，看到竖版繁体林语堂的《苏东坡传》，还没有回杭州，就被楷之兄夺爱，心下一直惦念，想不到前阵子在保俶路的“万方”找到，真有说不出的惊喜。

书是读不完的，面对陋室中比人还高满满的三五书架，心下有说不出的惆怅。而读书人自有读书人的乐趣，每每经过“三联”转上一转，总会带回一两册。“三联”早以其特有的方式蜚声学林，如果一个城市没有“三联”我会觉得缺点什么。一位从广州来杭读硕士的仁兄说起杭城更是干脆：杭州买书方便。确实，在杭州沿着西湖走，六公园的“三联”、“现代”、“外文”，保俶路的“万方”，松木场的那一长串子，以及杭大后侧的“月光”等等，都各具特色，而教工路前后更是书屋接踵，此起彼伏，就是散落在大街小巷的书摊，说起《博尔豪斯文集》《艾略特诗论》亦如数家珍，让我动情。

读书人亦有读书人的心情，1995年暑季在拉萨的雪域书屋买到了马原《冈底斯的诱惑》和李英的《魂断激流岛》，出于对顾城的关心，匆忙开始看李英的那本，没看三分之一，就撕碎扔在高原的大街上，几片碎纸夹杂着几声犬吠。我不想破坏我对《英儿》的偏爱，写得真美。又有一次在南宁看到一本《荷尔德林诗选》，阅读中掩饰不住那份肃穆，真想再买两本以防不测，如此好书在杭城一闪神就如烟云过眼。同行的莫武兄说，放心，想要来封信，这类书在南宁再过半年都卖不掉。我开始感叹杭城，那会儿在杭大的“月光”见到《海子的诗》如获至宝——我一直认为海子是当代优秀的汉语诗人，等朋友们知道音讯时，早已告罄。

现在买书并无太多的挑拣，只要装帧大方舒适就行。对于学人书生来说，进书店都有相同的感觉，亲切平和如同回家。好的书业经营者并不像旧时的书市，看来客的角色行事。我看“三联”的经营者应算颇有眼力，认不认识都是和气亲切，买不买书常来看看。打了三四年交道已经熟悉的小朱，时常给一些人留书找书，更不容易。从河南回来听朋友说小朱在保俶路自个开起一家书屋名曰“晓风”，这应该又是一个好的去处吧。

1997年秋金沙港

2007年1月16日补记：上大学时的买书体会，现在读来仍然很亲切。杭州的书店格局已经与原来有太大的不同，三联从六公园搬到杭大路，开始还好，后来不知怎么地歇歇开开，直至2006年下半年，杭州的媒体上发出“杭城从此无三联”的消息。外文书店也因为城市的改建，迁至凤起路，境况远不如前。“晓风”现在体育场路的弥陀寺路口，越开越大，成为杭城民营书店的样板。文三路东口“枫林晚”也是民营书店的翘楚。文二路的博库书城更是国有书店的航母。美术书店在南山路有“南山书屋”，以美术学院为依托。河坊街的“荣宝斋”书店，传统书画类书籍齐备。

南博读画记

好多年没有去南京了，中山门内的南京博物院已经不是记忆中的那般模样，老房门的左侧立起的“物华天宝”是现在的主要场馆。每到一座城市，博物馆的古画藏品展是一顿不允许错过的美餐，如北京故宫博物院、上海博物馆等。这次正赶上南博为中国艺术节展示的江苏藏画菁华展，给我带来意外的收获。

每次看到元以前的作品总是小心翼翼，唯恐惊到附带在作品上的魂灵，迎面就是黄公望的《水阁清幽图》，右上侧题有：“九痴道人平阳黄公望画于云间客舍时年八秩有一”，钤印二方：白文“黄氏子久”，朱文“一峰道人”，收藏印左下五方，右中二方，右下一方，共八方。读完题跋，画面静穆，清气拂面，勾起我对“云间客舍”的神往。

两张元画中另一帧是倪瓒的《丛篁古木图》，题两处，其一：“云林生为元晖都司写。”无钤印，其二为：“玄晖五字为君休，今日元晖都姓刘。解道眼(中)前无味句，丛篁古木思悠悠。己酉五月十二日元晖君在良常高士家雅集，午过矣，坐客饥甚，元晖为沽红酒一罂、面筋二个，良为具水饭，酱蒜苦荬徜徉，遂以永日，如享天厨醍醐也，复以余旧画竹树索诗自赋。王元举明仲、张德机威在焉，瓒。”无钤印。左上另有他人跋：“老树槎丫节未摧，凌霄耸壑倚岩隈。此君凝结岁寒友，生意春浮紫翠堆。岁在癸未暮春望越九日梅叟敬跋。”无钤印。画幅两侧钤收藏印十一方。从题跋我们知道此帧为云林雅集即兴之作，技已如此，观者无语。

其他大多明清的作品，由于爱读宾老的文章，因此对新安画派的东西特别注意。程正揆《溪山林屋图》题有：“辛丑人日画于石城，青溪道人撰。”钤印二方，收藏章三方。这张画作于南京，古徽州府的文人墨客大多有沿江出游扬州、南京的经历。查士标《竹暗泉声图》，有长题，遂录之：“竹暗不通日，泉声落如雨。春风自有期，桃李乱深坞。此宋僧清顺诗也，东坡游西湖于壁间见而赏之，声名鹊起。余偶写云林笔意，客有诵此句相识者，遂并录之。甲寅腊月白岳查士标。”钤印二方，收藏印二方。关于宋僧清顺如查氏所述，宋人周紫芝《竹坡诗话》中有记载。记得中国美术学院国画系藏有新安查氏的《重溪二桥图》，与今日所见同为难得之精品。

其中值得一提的是在一帧板桥精品《兰竹图》诗堂中看得徐悲鸿先生与吴作人先生的题跋，徐先生的才情与见识在读《徐悲鸿纪念馆藏品集》的题跋条目中早有见识，而对吴作人先生在传统上的武功修为一直抱有陈见，我曾在苏州吴作人艺术馆看过吴先生的素描速写展，对吴先生早年的素描速写确有观止之叹，窃以为吴先生素描速写第一，早年油画次之，先生的金鱼、动物亦有情趣，但难入大师门墙，题跋钤章就不敢恭维，用印大多出自大家名手，用法各有不同。而这次看到的题跋与左右难分伯仲，确有几分功夫。

不久才在杭州西湖美术馆看过近代大师系列展之一的刘海粟美术展，不堪入目，这次在南博又看到一帧刘先生的《黄山百丈泉》，真是可贵者胆，但除了有胆之外是什么东西都没有了。在没有看先生的早期油画之前曾寄希望于大师的早期油画会好一些，而那次西湖美术馆遭遇，除那张老北京前门箭楼的写生，带有更多历史的陈迹之外，不会有看到诸如李铁夫先生、方干民先生、颜文樑先生的作品来得感动。客观地说刘先生也有他的才情和胆魄，但必要的功夫欠缺一点，满纸近代名士的题跋都有捧场之嫌，还不如看秦古柳先生一帧《松鹰图》让人耳目清新。

在南博肯定能看到明末金陵画派的作品，这次看到一张柴丈人的东西应不算精品，对半千之外的金陵诸君了解甚少，从不多的阅读经验来判断鼎鼎有名的金陵画派，仿佛半千先生一人撑起的场子。

由于居西泠，还是用曼生老人的隶意对子结束这篇杂记吧：“月榭琴弹新制曲，晓窗画展旧游山。”

2001年元月杭州

在阅读中成长

从小父亲就有意识地买了诸如《少儿百科》《十万个为什么》的书，放在家里引诱我，我还是固执地醉心于我那几百本连环画，坚决不中计。有益的阅读应该是从高中开始的，80年代中后期，在偏远的小县城，因为几个刚从师专分配回来的文学青年，使我知道北岛、江河、翟永明，也听到更为遥远而陌生的名字弗洛伊德，实际上那时的我正是需要弗洛伊德研究的年龄。在詹黎平的帮助下阅读了张贤亮的《绿化树》，张承志的《黑骏马》，冯骥才的《三寸金莲》，梦想中以后要娶马缨花一样的女人。就这样在崔健的音乐中结束了并不体面的中学生涯。

为了考学，三两个朋友先后来到杭城，一群男女租住在庆丰村财神殿七号破败的农民房内，那时浙江大学附近是大片的农田，田埂上晚霞中夹杂在单车吱吱嘎嘎的声音里的是我们嘹亮的吆喝声，争论着各自的偶像(不外乎刘晓东的油画俞红的素描)。难得碰到一个喜欢高更的女孩，成为我暗恋的对象，于是我发现《诺阿 · 诺阿》那片芳香的土地。那是一个上厕所都会整群人一起去的年龄，大家都有使不完的力气，白天昏天黑地地画完石膏像又画色彩，晚上还能喝酒吹牛打牌去火车站画速写。

南山路四年的大学生涯，一上学就碰到自信的老汤，对谁都很善意的赵猛(后来去了中央美院)，班中有特别愿意帮助同学的吴高岚，特别关心人的何文雯。同年级中有刻苦努力的丘挺，特酷的刘铧，学拽的唐闻宇，也有能在高手如林的校园中写生画风景的檀梓栋，后来又来了认真的杨庆荣，严谨的鲁利锋。西湖边杨柳拂面，记得书法班的杨涛在日暮时感慨万千："多少佳人白白葬身此湖。"我象征性地在图书馆借过几本美术类图书之后，继续在现当代文学情境中找乐，这时出现了马原、余华、扎西达娃、米兰 · 昆德拉和现在都能背诵出其"面朝大海，春暖花开"的海子，以及接受并不清晰的录像带《九周半》中金 · 贝辛格和《本能》中莎朗 · 斯通式的性教育。高士明推荐里尔克《给青年诗人的十封信》多少使我走出思想的困惑，并引发西方诗歌阅读的快感，高士明总是让我看到最好版本的译作。一曲《回到拉萨》让我"爬过了唐古拉山"来到了布达拉宫，给自己写下了《印证自然——九五西藏之行》的文字：几个月后《PINK FLOYD》和《阿姐鼓》伴随我完成《拉萨 · 拉萨》的毕业创作，结束了四年的大学生活。美术学院至今仍然是我梦幻中美丽的天堂。

毕业后去了开封，河南大学一晃如梦。但能认识丁中一先生，乐于帮助青年教师的赵振乾先生和雕塑家张海军，应该是不灭的记忆。回来后僦居在金沙港，我的书目中出现了《生活在别处》《傅雷家书》《金瓶梅》等。《傅雷家书》是一次迟到的阅读，思想在企盼中自己生长。

1997年12月正式进入浙江艺术学校工作，1998年上半年在《新华字典》的帮助下精读了潘天寿先生的《中国绘画史》，平静而安心的阅读是一件无限快乐的事。当阅读的疆域正想扩展到因为至今没有触及而积满灰尘的《十万个为什么》时，书店的架上又出现了法布尔的《昆虫记》，霍金的《时间简史》。

2001年12月6日 杭州

房间

房间在松木场附近，葛岭北麓的四合院里，特点是阴暗潮湿，是一间大白天都要开灯的房子。

我喜欢自己的房间，从搬进来起就开始不停地布置它，这里挪一挪，那里移一移，直到再也不能动为止。房间里肯定有的家什是床、书桌和书柜，每一次搬家我都会先想好书柜的走向，但第一个摆好的是床，因为搬家很累。为了不让书在搬家中遗失，我总要用一个星期的时间，一包一包地分类包扎起来，请搬家公司搬到新的住处后，又用一个星期的时间慢慢地摆放到书架上。床是马上就要用的，我一累一烦就会想睡，睡醒就什么都烟消云散。

像我这样家庭出身的人，很迟才会有自己的房间。记得小学三年级时，从农村到县城住在一个机关大院两层办公楼一楼的一个房间里，全家开始结束了分居生活，挤在一个15

平方米的空间，当时我和姐姐都还小，父亲搭了一个简易的高低铺，就把我们两个安顿下来，靠窗放一办公桌，剩下的空地就是妈妈的工作室，有时来了乡下客人，母亲的缝纫机一移，中间加一钢丝床，还能招呼个把客人。那时奶奶还健在，出于语言不通，从小在外婆家长大的我，总是与她格格不入，奶奶来时住这个房子西南侧围墙下厨房里。一排厨房都住着各户的老人，倒也其乐融融。

在我高中一年级，姐姐去上大学后，我才有自己的房间。当时喜欢黄宾虹，也模仿傅抱石先生把自己的居室取名“抱质室”，也说不清楚自己怎么会这么早喜欢黄宾虹，实际到今天，我对于黄宾虹也说不出什么道道来，更何况80年代中期。有了自己的房间后，一直喜欢瞎串的我开始喜欢呆在屋里。

也不知道搬了多少次家，每次搬完家后一个星期总会累得做噩梦，梦到刚搬完怎么又要搬家，想到都后怕。以前租房子用的是一排竹书架，1998年认识宣帆后搬到艺校东边一排马上要拆的平房里，宣帆送我的四个书架到现在仍然是我最体面的家当。往墙边一排，干净的玻璃里边整齐地挤着文史哲，以及省吃俭用东挪西借买的画册，还蛮气派。每个人都有他的癖好，我的癖好是逛书店买书，看得倒不多，多么希望自己的癖好是看书呀！因此，每有新朋友来居室，一问起这么多书都看过没有，就没底气。说实在的每排里能好好看过三五本都不错了，看样子这辈子是看不完自己买的书了，只有安慰自己，人总有点爱好，别人爱干什么干什么，我省点钱买书不行吗？就像女孩买衣服并不都为了穿，接着还是买。

画案是校园里一张小孩打乒乓的球桌，没有标准乒乓桌那么大，大概是以前学校阅览室淘汰出来的，我一来艺校就瞄准了这张桌子，我问同事李老，这张桌子我能拿回去用吗？李老底气特足，拿去拿去，拿去又怎样。我们挑了一个风和日丽的中午，把一群舞蹈小班在那里玩球的小孩赶走，推掉中间当栏网的砖头，在李老的帮助下大大咧咧吆喝着抬出校门。干事情总要在风和日丽的正午，这样没有偷的感觉。大桌子往家里一摆，放上笔筒，摆上砚台和调色碟，当然有画毡，一坐，颇有张大千在台北摩耶精舍的快感。

床好像也是同宣帆一起买的，原来的沙发床是从吴老师画室里蹭来的，记得还让老鲁从大老远的南山路用三轮车踩回金沙港，那时的老鲁仿佛有使不完的力气。

不知什么时候我把居室——实际上是一个十七八平方卧室加画室的房间称作"兴坞居"，大概是大学毕业前后。兴坞是童年时生活的乡村山坳，是我出生时外婆家所在地，作为摄影爱好者的父亲，用他的幸福120相机记录下那时的茅草屋，我还模糊地记得那张发黄的小照片：年轻的母亲，傻笑的外公，慈祥的外婆，胸前手握"红宝书"的小舅，扎着长辫子穿格子衫的小姨，大舅舅呢？好像去参军了，应该是大雪天。憨外公和小姨早在我初中时去世，外婆也在前年过世。

这些即将消逝的记忆，使对父亲摄影水平一直不满意的我，心存几分感激。

我曾先后请三位先生帮我题“兴坞居”三个字，第一位是广西的张羽翔老师，由于与羽翔亦师亦友，几年前的正月打电话给他拜年，顺便请他帮我题个斋名，过了一阵子就寄来横七竖八的三个大字，落款是一手地道的晋人行草，由于不太看得懂，我就向同为书法黄埔出身的再成兄请教，再成说别看横七竖八，还是很有东西的。第二位是温州的陈忠康先生，一手二王掺八大的行草是随同三恺拜访忠康老师时写的。现在挂在房间里的是台北何怀硕先生写的三个隶书大字，记得我写信请怀硕老师题字，怀硕先生回信还特意问我“兴坞”为何意，“我会给你写的，你等着”，不日就收到先生寄来题字。

这个四合院拐角房间是1999年暑期搬进的，已经住了两年，听说四合院是这一带首批要拆的房子，希望还能住上一年。

2001年8月27日于杭州

兴坞消夏录

端方《壬寅消夏录》

平时上班之余，晃晃悠悠，或爬爬葛岭栖霞，或驻足苏白二堤，待在家里也是打电话吹牛说闲话，时光飞逝，一年做不了几件正经事。倒是酷暑难熬的夏天，出不了门，才画点画看两句书，于是效颦曲园老人作如此九九消夏状。

几本速写书

大概是初中毕业开始画速写的。从小喜欢画画的我，一直画着现在看来很不像样的中国画，应该是初中快毕业的年龄，在风景规划办公室工作的父亲，因为工作需要接待一位来自省城的记者，看我喜欢画画，就对我说喜欢画画可以考美术学院的附中，有机会去杭州给我介绍一位美院的老师，把画带去看看。那年的寒假我来到杭州，那位记者领我去了他的朋友秦大虎老师家，秦大虎先生是一位极其严格的军旅画家，80年代初回美术学院任教。秦老师对我说，光会画国画还不行啊，考学得考素描、速写，得有扎实的造型基础。我开始稀稀拉拉地画起速写来，兴趣并不浓厚。

当时有一位邻居，比我小几岁，也喜欢画画，但只会画马。我从杭州回去后神气地对他说画画得先画速写，我们分头拿起了速写板。这时手头有了史国良的《水墨人物画》(四川美术出版社1988年版)，对着速写部分开始学速写，两人共用一本书，当然更多时间在我手上。不久我们又看到了《史国良速写集》(四川美术出版社1988年版)，这回可是人手一本。又临又画一阵子下来，这位说画画得先学速写的人，始终画不过从前只会画两笔马的邻居，在菜场写生，那手史国良，想来至今让我惊心动魄。

激励我前进的应该是周思聪先生在《史国良速写集》前言中写下的一句话："史国良的速写是用麻袋装的。"后来碰到史国良，还聊到琢磨他的速写的情形，甚至还能告诉他哪帧速写题着什么字，如数家珍。

这套速写丛书我陆续买了《周思聪人体速写集》《韩黎坤人体速写集》《陈向迅陈平速写集》。

1991年，在杭州大学门口道古桥一家门面不大的小书店里，看着韩黎坤先生帅气的线条和略带颜味的行书，囊中羞涩的我默数着袋中的硬币，又向同行的伙伴借了两个铜子，买下了这本《韩黎坤人体速写集》。

这套丛书中的《陈向迅陈平速写集》，1995年出西藏途经成都时，在四川美术出版社淘库存书时购得，记得在课堂上还让向迅老师签了个名，陈老师笑着说："这本小册子我自己都找不到了。"

上大学一年级后，在校门口北侧的西湖艺苑看到《雨屋速写集》(四川美术出版社1989年4月版)，有点喜欢，但看不懂，不明白她为什么这么画，于是没有买。后来零星看到王彦萍先生的速写，开始越来越想念这本小册子，直到去年北京的王剑来杭州，无意中聊到这本东西，"我好像有，也不知谁辗转到我手上的"。不日从北京寄来了这本《雨屋速写集》，扉页上还有珠笔字："乃宙先生正，雨屋：彦萍九一、一、二。""九"字略有涂改，字写得甚是大方。大概是要赠送李乃宙先生的，终于落入我的手中。现在再翻这本画册已没有原先想象的那么精彩，但已是凤毛麟角，才情难得了。

现在常伴左右的还有《世界名画家速写选》(天津人民美术出版社1990年5月版)和李蔷编著的《马蒂斯艺术》(四川美术出版社1991年3月版)，记得高复期间在延安路儿童书店楼上第一次见到这本《马蒂斯艺术》时，对同伴说："这也是画？"想不到正是这从前认为不像画的几根线条，现在让我如此痴迷。

在1992年11月15日购得《陈丹青速写》(天津人民美术出版社1992年5月版)之前，我几乎收集到《美术丛刊》《素描》《美术》《美术研究》《富春江画报》《中国绘画》等期刊上所有关于陈丹青谈创作的文章、草图和速写，以及湖北《美术思潮》

上陈丹青几封关于国外艺术的来信。购得《陈丹青速写》之后，打动我更多的是那篇已在《美术之友》上发表过的《作而述之》的短文以及早在《素描》上出现过孙景波关于陈丹青亲切而又令读者亲近的文字。这两年朋友们翻阅《纽约琐记》(吉林美术出版社2000年7月版)和《陈丹青音乐笔记》(上海音乐出版社2002年3月版)，谈论着他的文字时，我不无权威地告诉他们，陈丹青的文字本来就好，变化的是他的思想。

正值人手都有相机已经极少人画速写的时候，刘国辉老师在古吴轩出了一本白皮的速写集，我买了一本找正在对门给晓辉周晋他们上课的刘老师签了个名，刘老师在扉页写下“业精于勤”四个字，这本书的前言应该是对速写现状很好的叙述。

几本水墨书

毕业至今，从事教学五六年，教的都是年龄偏小的中专学生，他们有一定的造型基础，刚刚开始涉足水墨人物画，迫切需要一些辅助资料。就像与一些诗人或搞文论的朋友聊天时常说的那样，“我们缺少讨论问题的阅读前提。”于是，我会推荐几本，从初涉到深入学习一直有参考价值的书籍，价格要便宜为妙。

——《怎样画水墨人物画》(上海人民美术出版社1965年7月第一版，方增先著)

现在的学子几乎不太可能找到这册小书，我也是近几年在旧书摊上遇到，但对于60年代以来与水墨人物画有关的同志来说，几乎没有人不知道的。

1965年7月第一版第一次印刷，码洋0.42元，印数5.8万册，1973年5月重订本第一版第一次印刷，标价0.23元，印数25万册，这可是一个天文数字。正是周昌谷先生《两只小羊羔》的清新笔墨和方增先先生《粒粒皆辛苦》人性题材的挖掘，使人们感受到了浙派人物画的震撼，《怎样画水墨人物画》的发行，又为资料极其贫乏的当时，降下了及时的甘露。我们可以在李世南先生《狂歌当哭》中看到关于这本小册子的文字。这册小书成为六七十年代学习水墨人物的最好范本，也成为后来蜂拥而上的技法书的编写样板，这是方先生始料未及的。

——《水墨人物画探》(浙江美术学院出版社、香港心源美术出版社1991年10月版，刘国辉著)

80年代以后技法书可谓汗牛充栋，不外两个原因：对于出版者来说技法书好卖，没有投资的风险，对于编写者来说技法书好编，又很快能有专著应付单位评职称。

真正能超出《怎样画水墨人物画》范式的应该是这本《水墨人物画探》，我一直喜欢看刘国辉先生的文章，看看这本著作的目录我们就知道，这是一本画家用朴素的语言叙述自己切身体会的文字：

“优秀的传统／历史的启示／梁楷和任伯年／水墨人物画的新时期／中西绘画在哪里交手／工具笔墨／写生中的水

墨技法／关于水墨人物画的学习”。让我想起陆俨少的《山水画刍议》。难怪学院中有位令人尊敬的山水画老师曾说，技法书是很难编的，课徒稿要大师来做。对于年轻学子来说这是一句非常实在的话。

——《荣宝斋画谱(九十)人物部分》(荣宝斋1994年3月版，王子武著)

假如要对近现代中国画有一个全面的了解，较为快捷的方式是翻阅这套有陈毅题词的《荣宝斋画谱》，真算得上价廉物美，涵盖了旧式文人如徐燕荪、陈少梅，现代彩墨如林风眠、徐悲鸿等。在琳琅满目的现代艺海中，我为什么单单提到王子武先生这本以写生为主的画谱呢？对于初学水墨的人来说，面对轻灵的水墨更多张扬写意而失掉造型，力求造型扎实又容易失去水墨的精神，而在现代人物画家中，周思聪先生、王子武先生是南北兼蓄的杰出代表。

——《吴山明意笔线描人物画集》(西泠印社1991年12月版，吴山明著)

这本画册印数不多(2500册)，是件令人遗憾的事。

在我为同学们推荐王子武先生的画谱同时，总会让大家看看吴山明先生的水墨人物画。中专的学生在初涉水墨的过程中，学习蒋兆和先生、王子武先生的作品时，容易只注意勾线和皴擦以塑造对象，偶尔用水与用笔也衔接不上。而吴山明先生是当代人物画家中的用水高手，晶莹的水墨中不失用笔的浑厚，达成两种相向审美趋向的和谐，应是了得的笔墨本事。

在谈到人物画学习时，总会涉及造型和笔墨的话题。学习伊始，师长们在强调造型的同时强调笔墨，造型有一定的范式而笔墨更有不同的理解，造型只要努力研习都会有较明显的线性发展，而对于笔墨只能感觉和体悟，不管画十年三十年都仿佛略有所得，心余力拙。讨论笔墨的鸡鸭对话，明人笔记早有记录，并不是当今的专利。

在各种大画册、原版书充斥市场的今天，这几本水墨人物书仍然是热爱水墨人物的我的最爱，当然随着我们阅读的展开和延伸希望有各自更多必需的链接。

淘　书

每到一个城市，书店肯定要去的。时至今日畅通的图书渠道，城市之间的大小书店如国字号第一的新华书店，已经没有太大的区别，而私营的小店迅速发展，也不可同日而语，不用说北京的风入松，席殊的连锁经营之类，更何况国外网上购书的入侵如贝塔斯曼。去一些小规模的书局，才有一点“五四”文人在书话中所叙述的气象。

而各城市角角落落的旧书摊，还存一些淘书的快感。北京有劲松的潘家园，逛完鬼市狂书市；上海有老城隍庙；而杭州，80年代初有清泰街东段的老字号古旧书店，随着市场的变迁，90年代只能挤在中山中路积善坊巷角落里喘气，但还能让人获取一点惊喜。这两年省图书馆门口开张的假日书市，总有几摊旧书，自开市以来几乎没有错过。几本渴念已久的书往往是以前见过，或是见于他人的珍藏，或是由于经济的局促、目光的短浅而在书店失之交臂，逛旧书市的乐趣就在于失而复得。

——《速写选集》(1978年天津人民美术出版社1978年版，黄胄著)

翻开扉页写有一段文字："郡郡：收到你的画，很高兴。这本画集送给你。爷爷一九八二年二月二十五日于上海"。让我想起少年时我得到此书的情景：父亲把我和姐姐的涂鸦寄给他大学时的老师，那位先生寄来一捆书，其中就有这本《速写选集》，扉页上也有同样的文字。有这样的情节你说能不买下这册书吗？

——《迎春花》(1981年第5期，1985年第3期，天津人民美术出版社)

《迎春花》是天津人民美术出版社的一本中国画专业期刊，80年代以来在国内颇有影响，现在好像易名为《国画家》。翻老杂志常能看到现在成熟的艺术家早年的身影，在1981年《迎春花》"画坛新秀"上看到何家英的《海田归》和《春城无处不飞花》，一手黄胄的水墨手段；李孝萱的《老年乐》和刘庆和的《走过的路》，沉醉在方增先和李震坚的笔墨语言中，李孝萱的《老年乐》还有刘文西《祖孙四代》的形影。从武功比拼来看那时的刘庆和应该稍逊于何家英和李孝萱。在1985年的《迎春花》(总21期)看到姚有多、梁岩、杨刚、陈振国、李孝萱等专题，姚有多80年代前期已经画出了他最好的作品，如署款癸亥(1983年)的《茅屋为秋风所破图》等，应该说姚有多从《新生产队长》到《茅屋为秋风所破图》是受浙派人物画影响到自身的转变，之后就没有太大的提升。最让我感动的还是李孝萱专辑简介中的文字，“李孝萱勤奋好学，富有独创精神，他平日速写本不离身，醉心于贯休、陈老莲和毕加索的绘画艺术。”以及《半百老儿》画上一手黄瓖瓢的草书题跋。

另有一期《迎春花》有何怀硕的专题，这也是大陆对他最早的推介，附上一封短信给台北的何先生寄去了。

——《人物画习作选》(人民美术出版社1978年3月版)

我买下了两本《人物画习作选(一)》、一本《人物画习作选(二)》，按理说，看多了时下印刷精美的画册，已经不会对七八十年代的小册子动心，但一本《人物画习作选(一)》封面左下签有“佟振国存书一九七八年购于石市”，另一本《人物画习作选(一)》封面左下签有“佟振国存一九七八年八月”，那本《人物画习作选(二)》封面左下签有毛笔小字“振国存书”。佟振国先生八十年代初毕业于中国美术学院李震坚先生的人物画研究生并留校任教，90年代初迁居美国。因为是师长看过的书籍，对我来说有几分景仰之情。

——《中国画人物技法资料》之一(上海书画出版社1977年1月版)；《中国画人物技法资料》之二(上海书画出版社1979年3月版)

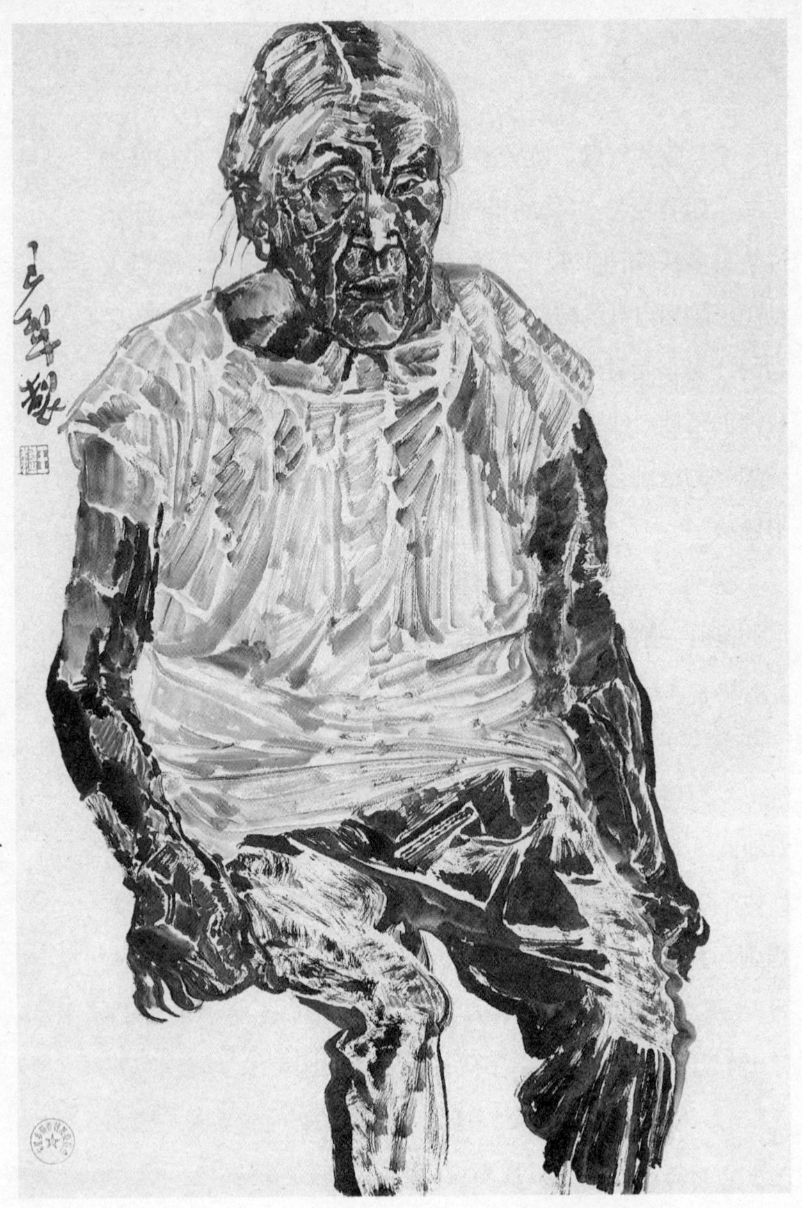

王犁 · 邢弄写生

纸本墨笔 · 104cm × 70cm

2007

王犁 · 邢弄写生

纸本墨笔 · 104cm × 70cm

2007

王犁 · 绥德汉

纸本墨笔 · 36cm × 25cm

2007

王犁 · 邢弄写生
纸本墨笔 · 104cm × 70cm
2007

也是在假日书市上看到一堆《中国画人物技法资料》，因为是活页，有全的，也有不全的，很杂乱，我曾在湖墅南路二百大地摊上买到一些散页，又曾听吴山明老师聊起过，管它三七二十一先买下，回家整理出像样的两套，吴山明老师在书的折页上作了一个短跋："二十余年前旧书，感慨良多，王犁经多方搜寻得此集，实为难得。二十五年前与杨之光、李震坚两位先生共同完成此书，是当时全国青年学子考学唯一新版参考资料。辛巳年春山明。"钤白文印一方。出版说明有很深的时代痕迹："为了更好地塑造工农兵英雄形象，进一步提高中国画技法，不少工农兵读者，要求出版有关中国画技法方面的资料，以供借鉴。……"确实也为现在的我以后能更好地塑造工农兵英雄形象起到很好的参考作用。我还选了一些散页，在水墨写生课堂上供学生们临摹参考。

淘书是享受，是失而复得后意外的惊喜，是文字之外承载的旧书的故事得以在自己的手中延伸。而阅读，只有阅读带来的思考才是目的和回报。

2002年8月24日 杭州

我的2002

天气渐凉，秋意日浓，忽然想到自己在这一年的单位时间里能干些什么，凭空又多了许多惆怅。

字写不好一直是块心病，每每看到冯其庸、周汝昌等先生在文中谈起看画的情形，一般是先看款识，觉得款识不行，往往兴味索然，大多不想再看下去了。还有天津吴小如、吉林罗继祖的杂文随笔中的论调，百分之百地击中要害，让人抬不起头来。

学校毕业后内心最大的危机是感叹自己不会拿毛笔，羞于对人说自己是中国画系毕业的，常偷偷写着毛笔字，期盼有一天能把这竹杆子要得像筷子一样溜，肯定会有点样了。浙江人民美术出版社的介一兄对我说专业学习与业余写写肯定不一样，安吉的声国也鼓励我去进修一年书法，但更让人决心苦学一年的目的是不让自己画上的签名太丢脸。

从2001年下半年到2002年上半年，几乎没有画什么画，天天练大字直到今年7月初结业。进修班的同学来自天南海北，大部分来杭州之前就手段了得，吓得我不敢提“书法”二字，“来学写字……来学写字。”一年下来任课教师都是业内名家，更是我心中的偶像，班主任也是自己的好友乐平兄和沈浩兄。上下两学期确也把正草隶篆过了一遍，临摹课日子还好过，是描是画好歹总是在涂，可是一到少量的创作课就如坐针毡低着头说：“我还是再临一临……我还是再临一临。”老师同学朋友大概也看出了我发虚的心思，都不忍心心打击我，大多以鼓励为主，宝鸡的老许看我实在不得法，手把手地帮我临了两个篆字，让人心存感激。直到7月14日在西泠桥边印学博物馆搞结业作品展时，只得矮子里挑长子，在一堆烂毛边纸里挑出几张临摹的东西装裱成轴，家妙老师说渗化得还可以，蛮有变化的，实际可以理解为控制能力不行。展览那天浙江书坛名宿云集，王冬龄老师在离开时轻轻说：“王犁啊，方法是对了，以后就是多写。”这句话给我带来无限的希望，多写是可以做到的，方法对不对自己可是一点也没谱，这下想来会有一丝盼头。记得有一次随海钟去拍一帧陆俨少立轴的路上，海钟老师对我说：“多写总是好的，写总比不写好，不要跟别人比，要跟自己比，写个十年总会有进步的。”海钟的这几句话一直是我几年来写字的支柱，写个十年八年或者十八年总会比原来好。

结业展后分得六七十本展刊陆续寄出，师长朋友们也先后来电话鼓励。最经典最夸张的鼓励是：九月初拜访玉皇山的飞哥后，在路边吃中饭时，三恺打电话来说，苏州赫赫来信夸我的字写得好，介于金农与黄道周、张瑞图之间，还煞有介事地用毛笔临了一张我的去信，三恺大为认可，觉得赫赫眼光独到，说得有道理。我对三恺说：有一次丘挺与莫武在京郊房山十渡一带写生，下山时看到一车铺墙上大书"修车"二字，都夸写得好，莫武更肯定地认为介于金农和王犁之间。

你看朋友们总是想尽办法鼓励我学习，让我没有办法只有硬着头皮撑着。

七八月份暑期，白天临帖、游泳，晚上看书画画(画画为主看书为辅)，往往是一遍之后在等干的间隙，随手翻开一本书(大多是明清小品文或当代诸如朱文、何小竹的小说)。8月下旬还写了四五篇千把字的随笔，集结成《兴坞消夏录》，颇感得意。两个来月画的一摞子画，小画一二十张，可看的仅剩二三，其他皆作舔笔之废纸也算有用，两张四尺整纸拼的大画，画完之后更感心力不足。我画画的状态应该是过半时最佳，自我感觉良好，画完后反而会失落，要形没形，要笔没笔，最令人伤感的是恍惚中发现自己审美趋向有问题，这可是件麻烦的事。

9月和10月份投身于教育事业，面对学校新招来的学生，只有一个主意，与大伙儿共同努力，力求把方的画方，圆的画圆。

11月和12月想来也不会有太大变化，我的职业是教师，业余尽量多画点画，我喜欢画画，这很重要。

2002年10月18日于杭州

成长与思考

作为画家都会面对这些问题：为什么画？画什么？怎么画？为什么画是一个艺术观的问题，更像一个哲学的命题，承载着太重的负荷；画什么是一个题材切入的问题，需要一个智性的选择；怎么画是一个语言追寻的问题，需要有更具体的思考和表现。

为什么画？对我来说更多是一种宿命的选择，童年时乡村门板上和石灰墙上的涂鸦成为我现在不能企及的高度，这种每个人都有的记忆留存并不能成为选择绘画的理由；少年时纸片上铅笔、蜡笔的表现仍然是涂鸦的继续，只不过题材上从苹果、橘子、西红柿延伸到国庆节彩旗飘飘，街道上车水马龙。搞林业的父亲说想画画得先学素描，做裁缝的母亲听后埋怨："自己搞了一辈子树苗，还让儿子画树苗。"直到美术学院毕业后，青年的我仍然在思考绘画是不是自己生命的必需，想得很累也想不清楚，只有对自己说都三十好几了，也干不了其他事情，先画着吧，喜欢绘画这最重要，好不容易开始的哲思扼杀在萌芽状态。

画什么？画画蛮难，没想清楚为什么画，还得硬撑着画点什么，在学院学习期间，写生临摹、临摹写生，更多是绘画能力的训练，直到毕业突然面对创作才会有画什么的选择，这时的表达基本上是依赖青春的激情去叙述对突如其来言说的兴奋，题材大多成为自己语言的寄存和挂靠，既然有声音要说点什么，说得清不清楚自己没有把握。通过这几年的积累越来越认识到想说清楚就要说自己熟悉的东西，去选择自己对生活真正的体验，生活不在别处，生活在此地。

怎么画？题材的当代性是一种选择，语言的当代性将会成为一种冒险，更何况自己的学习经历使我对传统媒材的迷恋成为一种情结，毛笔、墨、宣纸所构筑的审美空间给这种智性的冒险带来很大的限制，正是这种情结和这种限制才给传统绘画语言的拓展赋予现今的魅力。

在一次与台北何怀硕先生的电话聊天中，何先生说到画家应该思考这三个问题，才使我在思考中发觉自己的无奈，没有想好为什么画，匆忙思考画什么，还没有找寻到适合自己的题材，就煞有介事地开始追寻怎么画，仿佛在承担作为画家最直接、最具体的责任，而是否能做到“盖墨到处皆有笔”(包世臣《艺舟双楫》)所营造的审美要求，又将会是自己心中的痛，不能承受的轻。

2003年4月7日

王犁 · 邢弄写生
纸本墨笔 · 104cm × 70cm
2007

我的水墨生活

乡村图画课

在现在看来，孩童时对涂涂画画的喜爱与对乡村小学图画课的喜爱并无太大的差别。不同的三个年级的三个班级稀稀拉拉地在同一个简易教室中上课的蒙学经历，在我的记忆中还非常清晰。当代课老师偶尔兴致所发，给我们安排图画课，对我来说是何等快乐，而这位代课知青把华国锋时期课本上打倒“四人帮”的插图用粉笔放大在黑板上让高年级同学临摹的本领，更让人叹服。

油光宣纸

关于水墨生活，当然要聊聊对水墨和宣纸的认识。我是小学三年级转到县城上学的。比我先转学到县城的姐姐已上小学五年级，美术作品已经能参加县少儿美术比赛，“六一”时还能挂在文化馆的橱窗中，在我眼中那是遥不可及的荣耀。

记得当时初来乍到的我跟着姐姐拥在儿童节美术作品展领奖会上，看两位金奖得主现场作画，一位画了一只大公鸡，一位画了一匹大骏马，那种水墨在宣纸上渗化的魔幻表现，对一个乡村中长大的孩童来说，简直是奇迹。傻傻小小的我壮胆挤到用乒乓球桌搭起的画台前，伸手摸了摸让我感到惊奇的材料。回家后，就用六分钱一张的油光纸，先涂上一层清水，在半干不干的状况下，照着上海人民美术出版社的一本薄薄的《怎样画蔬果》，探索出水墨晕化的精粹来。真正让我感到幸运的是那天晚上认识那位画公鸡的爷爷，一位老国立艺专毕业生，让我至今崇敬的老先生洪勋老师。从那以后，我几乎一有空就会串到与我家隔一小山头的洪先生家。奇怪的是不管我玩得有多野、有多迟，我只要说去洪老师家了，母亲就不会有什么意见。

“水墨”说法

关于用“中国画”还是用“水墨画”作为称谓的讨论由来已久，不同的支持者都有自己独到的见解。但选择“水墨”的说法对我来说实在是下策。90年代初的校园里 “八五新潮”的余威尚存。大一寒假我以超常的速度阅读完那厚厚一大本吕澎先生的《中国现代艺术史》。在战士与斗士并存的当时，80年代那种现代主义的叫卖声还在“八九后”的天空回响，使本应进一步深入学习传统而需要选择宁静的我显得那样心神不定。

大学毕业后参加一次“70年代出生艺术家水墨画展”，在画展上碰到我一直喜欢的北方画家聂鸥女士，她问我：“你这么用色用墨，在其他材料上效果会更好，为什么一定要在宣纸上？”聂鸥老师的提问所带来的思考让我胆战心惊。后来读到范景中先生的《回到传统》，又让我感触颇深：在目前传统文化缺失的环境中对传统绘画认识的迷失使宣纸、笔和墨等古老工具沦为一种维系传统文化的载体，而当它们仅仅作为一种情感维系的载体时，科学的称呼似乎是无奈的表现。

70年代出生

这几年参加过几个70年代出生艺术家的展览，1970年出生的我勉强挤入这个行列。当“主义”不再流行，年代仿佛是一种科学的划分。当批评家们用随手拽起的标签去区别“新生代”时，又赶上词汇贫乏的年头。一位女作家用自己90年代出生的女儿写的文章告诉人们，当“90年代出生作家”都已经成为可能的时候，再称呼“80年代出生写手”又有什么意义？

2004年10月于杭州

不羁 草草室 画案

因为大部分时间都是在画案前呆坐，一直想写写画案。几年来经常搬家，从租房子到单位的集体宿舍，从小办公桌到画板搭的大画案，房间虽挤但其乐融融。现在搬到新居，暂时是不会搬家了。画案上工具摆放的习惯，深受初中时期认识的郑宗修老师的影响。一直在千岛湖生活成长的我，能够认识郑宗修老师也是一种偶然。

浙江西部山区小镇千岛湖，在高士明的诗歌中被誉为“一座被浪花围困的小镇”，既交代了她的美丽，又表达了她的交通不便，非常形象。大约在我初二时的一个接近“五一”的周末，听从事林业工作的父亲说，叶浅予先生在姥山林场，利用周末去看大画家画画，这种“看”与现在的追星没有什么本质的区别。等我挨到周末，随父亲乘上从县城的西园码头去林场的“挂机”时，叶一行早已离开千岛湖回桐庐了。

后来才知道那次正是叶老晚年的师生写生团途经千岛湖。我打算在岛上过一夜次日回县城。晚饭后与父亲在场部随便走走，看到林场餐厅的门楣上有“不羁”两个篆字，由于“羁”字不认识，也不知道什么意思，父亲与我猜了半天准备作罢，近旁走过林场的场长与父亲打招呼，问我们爷儿俩在干啥，父亲就说起这门楣的字，场长乐呵呵地介绍：“你们要请教这位杭州来的大画家。”

我至今依稀记得郑老师说到“不羁”的意思，还有陶渊明什么的。在以后近二十年的交往中，随着自己年龄的增大，阅历的增加，我仿佛在郑宗修老师身上看到“不羁”这个词。实际上郑宗修老师是杭州极其普通的一位画家，他自己也一直强调自己“在野”的身份。在人文荟萃的环境中，使郑宗修老师从小就有机会接触很多民国就成名、现在已属历史记忆的大画家，而郑老师总不愿意提这些，只是说那个年代谁都有机会接触。不管是二十年前拱宸桥丽水路二楼狭长阴暗的楼梯口小房间中，还是现在和睦新村的画室里，都会看到一只熟悉的暗蓝色的小镜框，里面放着一帧发黄的老照片，下面写着“先师周启人先生”。后来碰到对杭城老底子了解的朋友，提起郑宗修先生，都会说他出道很早，现在是杭城的老一辈了。按郑老师现在的年龄来算，他应该是十几岁就开始与杭嘉湖一带的老先生来往了。这种交游使与郑老师接触过的人都能感到郑宗修老师身上也具备那种潜移默化的传统文人（特别是清末民国以来传统文人）的影子，以及不羁的性格。

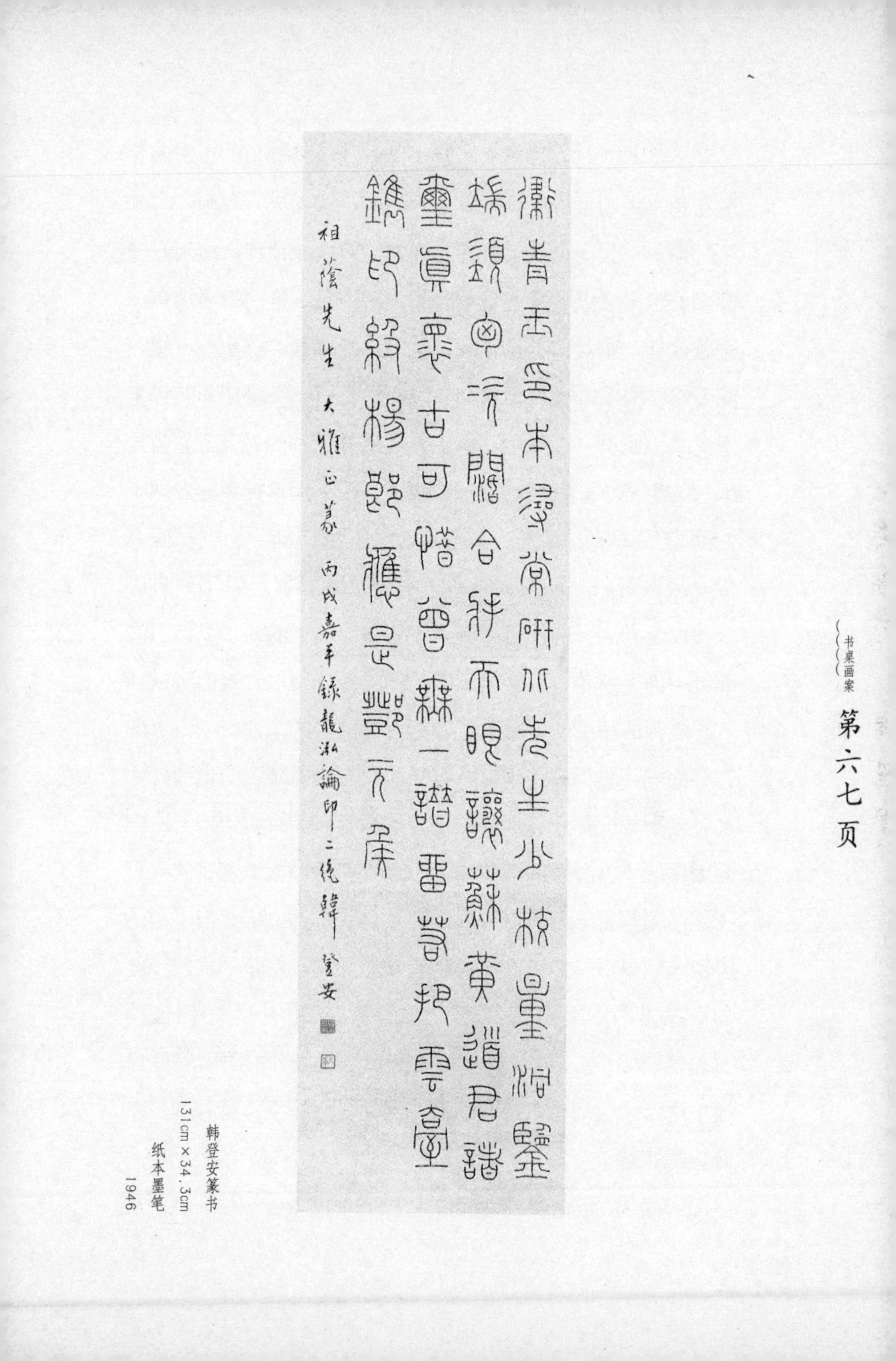

祖蔭先生大雅正篆 丙戌嘉平錄龍泓論印二絶 韓登安

韩登安篆书
131cm×34.3cm
纸本墨笔
1946

“草草室”在拱宸桥头，那个阴暗狭长楼梯口的小房间，现在想来大约是十来个平方米的小屋，双人床、衣橱，与床平行摆着一张比办公桌略大的画案，双人床顶和衣橱顶好像都堆着整刀宣纸，床下是零碎的生活用品，进门口靠墙有一张脸盆架，脸盆架上是脸盆、毛巾、肥皂盒，打水要下楼，踩着咯吱咯吱的楼板和楼梯，门口沿街有一裸露在外的自来水龙头。画案一边靠墙，墙上方挂着郑老师的好友王京盙先生写的小篆“草草室”三字，后跋了一段小楷，提到郑老师个性随意，画私淑石涛八大青藤云，文绉绉的一手王福庵真传。现在看来私淑八大是有，石涛、青藤已是看不到痕迹了，倒是郑老师的性格中浇灌着青藤、蒲华的血。斋馆名的横批下面还挂着一只能放下四尺三开画的镜框，里面时常挂着郑老师的新画，有时也能看到一帧蒲华的扇面、胡公寿的石头之类。临街有一扇窗，推开窗户，横七竖八的电线杆，透过沿街梧桐树还算茂密的枝叶就是著名的京杭大运河。熙熙攘攘的水上驳船的汽笛和丽水路上51路公交车通宵的颠簸声，微微震着陈旧的窗玻璃，让我想起郁达夫描写旧上海的小说。记得进门口脸盆架旁还有一简易的小台子，堆放一些如《说文解字》《重订六书通》之类的工具书，一套旧版的《徐文长集》和几本字帖，草草室不藏书，郑老师的书看完后就随手送给学生或者来访的朋友，这简易台的墙上挂着那只暗蓝色的镜框。

草草室的画案，靠墙的一边整齐地摆放着倒扣在我们常见的五支装锡管颜料盒里的常用印，一只古朴的水盂，敦厚的砚台，笔帘和毛笔。郑老师的毛笔，笔杆很长，有的甚至带着竹节，拙朴无华。郑老师喜欢高捉笔写字画画，一次在一张余任天先生作画照片中，看到天庐先生高捉笔的态势，我揣摩着郑老师是否受余任天先生影响。案面铺着画毡，右边堆着一些画册，有黄宾虹、潘天寿等，精装大开本，在上世纪80年中期已是非常豪华的装备了，还有文物版的《怀素自叙帖》等。中间剩下不大的空间，只能画四尺三开的作品，要画稍大一点的就得理一下桌子，移一下画册，在这样拥挤的起居室中，整齐、干净、淡雅、质朴的气氛给少年的我留下了深刻的印象。其实这基本上也是上世纪80年代初杭州普通画家的起居工作条件。而在这昏暗的房间里，我看到大量清末民国江南名家的书画，如居廉、张子祥、胡公寿、赵之谦等的扇面，还有一帧无款只钤一方白文“宾虹”的山水，我仍记得右边坡石上一棵临岸的夹叶树，一叶小舟几缕微波，属宾老课徒式作品；周昌谷的梅，画上方一排蚓书，好似冰雪精神，至今不忘；周启人先生的手卷，7厘米宽，拖出来长长的一段，四王一路的山水，小笔头精细工整之极。还有一稍大四尺整纸的山水，有石涛笔意，水村平远，暮霭梵音，记得郑老师说这就是拱宸桥顶南望保俶塔。草草室的性格是不留东西的，去年去和睦新村看郑老师，临走郑老师东摸西摸，摸出一轴东西给我，说：“我也没什么东西了，这张字给你。”我一看是韩登安篆书丁龙泓的诗，怎好意思收下，郑老师说："放在你那，我想看还可以看看，你不带走过几天我给别人，还不方便看。"执意要我带走，如此。

再回到我的画案，靠窗那头摆放着一方便宜的端砚和一方不错的歙砚，这方歙砚是随鲍黎健去方见尘处蹭来的。前几年的一次皖南之行，路过屯溪顺便看了歙砚名家方见尘先生山里面的陈列室，七拐八拐的我们来到一处废弃的营房中，大大小小的一堆砚。作为中国画家，对砚没有一定的认识，确也是一件令人遗憾的事。只有凭感觉了，什么金星银星、鱼子煤层确也看不太懂，何况皖南也同全国各地一样，所有传统工艺品制作旅游纪念品化，讲到底是庸俗化，好像在攀比看谁做得俗似的。在陈列的一大堆砚石中，我见到有一方形制简单，砚池中一只蜥蜴看起来还算生动，就说这方不错。也许是主人好客，小徒弟噌噌就拿去让师傅在砚底签名，名家的架势是非同一般的，刀随笔走，横竖几下就出现一类似符号的签名。闲聊间小徒弟已在师傅的签名处上好石绿，很专业地包装好，放在送我走的车上。案上还有一方砚是2004年暑期去西藏，在藏北纳木错畔捡的石料，我与同事陈艺在纳木错湖边瞎走时，天空蔚蓝，阳光明媚而略有点刺目，湖水清澈，涟漪微荡，在碧水拍岸的沙石上一块略大的石头，自然形，上下平整，下意识地捡起来，随口说回去制成砚台，其实我也不晓得什么石材能治砚，但每每在野外看到有意思的石头时，就会想起扬州石涛的片石山房，黄宾老作品上常钤的一方白文"片石居"，以及潘天寿故居陈列的一块“雁荡山石”。海拔四千多米高原湖畔觅石，只有我们才有这等福气，管他能不能治砚呢！于是这比普通石头重许多的片石，在陈艺讽刺打击“扔了吧！扔了吧！”的小调中扛回杭州。又借今年带学生去皖南写生之际，请治砚的朋友加工成砚，砚池为点缀的云纹，砚面少许打磨呈下陷弧面，几乎保留原貌，少有人工痕迹，砚侧铭刻“纳木错”三字为歙县的朋友黎健即兴书丹。帮助加工的小柯说，这样的石材以后有多少可以背多少回来，想来是对我无意捡来石料的肯定。在兴坞居案头使用中，越发显示其上等石材的温润，每每聊起总被陈艺誉为“王犁的狗屎运”。

在绘画材料上，我总是不太讲究，普通的墨，普通的墨汁，颜色也是国画颜料、丙烯、水粉乱七八糟一块儿上，而后是厨房里淘汰下来的碗盘，大大小小在案头也是摆放整齐。我的潜意识中总认为表现应凌驾于材料之上，无论什么拙劣的材料，创造者正是在画面协调中寻找和摆弄出永恒来。也许是古人化腐朽为神奇在我头脑深处的幻想吧，有时从李桐、海钟、金心明处蹭来上好的笔，上好的墨时，也会想起《书谱》中的“五乖”、“五合”和“心手双畅”来。

与草草室一样，我也有一大堆印章；不同的是，郑宗修老师的用印都是自己刻的，我的印章大多是朋友刻的。兴坞居常用印有四大块，其中有上学时书法班的同学治印好手鲁大东和尹海龙等刻的，他们现也是印坛新兴人物了。我一年级大东二年级时，大东曾给我刻过近二十方常用印，等他三

王犁 · 邢弄写生

纸本墨笔 · 104cm × 70cm

2007

王犁 · 邢弄写生

纸本墨笔 · 104cm × 70cm

2007

年级看到时甚为不满，大部分取回准备重刻。我盼星星盼月亮似的等他刻完，半年后串到他们班里，看到我的石头大部分成为他单元创作的作业，印文内容不是"黑豹"歌名《希望之光》，就是金庸小说的书名《倚天屠龙记》之类，我一狠心顺手牵回几方自认为可以作闲章的，扬长回自己的课室。海龙倒在临毕业前为我认真奏刀，并在平时的作业中选一二问我是否可以用作扣角，让人好生感动。一块是苏州王赫赫的佳作，如细朱"衎花馆"，朱白双面皆黄牧甫的"衎花馆主"，还有金农体的 "兴坞居"、"衎花馆"，钤在画上让人叫绝。现在赫赫辞去苏州的教职搬到北京去住了。还有一块是进修时同学飞哥的，琴堂治印精细见刀，其中有明人意。最近画案上堆起的全是广西细柳营高手黄文斌的大作。1994年寒假作南宁之行，僦居在邕江边的曹屋坡，与黄文斌等朋友朝夕相处，那时文斌头上毛发茂盛，通宵临帖，每每醒来见其边吸烟边临写，仍意犹未尽，我总会说睡眠不够会掉发的，文斌说习惯了，晚上睡不着。于是现在客居杭州的文斌，微胖满面胡子而谢顶，果不其然。还笑着说："上面不长，只能长下面了。"我想"长"就是好事。文斌的印意是迷人的，从印面看那刀在他手中点厾披削，游刃有余，非同寻常。案头有文斌刊石二十多方，印面大的有七厘米见方的巨制，小的有一厘米见方的多字印，文斌的厉害在于他能刻常见于当代各大展事为人熟悉的大写意一路的作品，也能刻中正平和汉印一路的风格，甚至圆朱细朱老宋版，只要是文斌制造都会是精致大方古雅。在我身边的几位印章发烧友的心目中，早已是一流高手。正如三恺与我、文斌聊到石开时，提起石开先生在中央美院书法班讲课时，开玩笑地评论自己的印章，当代五名之内应该有吧！我们对文斌说前五名中有没有文斌？文斌答："努力一下，广西前五名，嘿嘿！"朋友在一起总要胡诌瞎聊。

我着实发烧文斌的印，他的刻刀划过印面带来的线条质地会使视觉颤抖。近二十方常用印，其中一部分是己卯(1999)年文斌从广西邮寄给我的，有细朱名章，有满白文，有凿印，有汉玉印，可以看到他学习的痕迹，而近日挤入我案头印堆里的又是另一番景象，七厘米见方的汉鸟虫巨制，线条在布满石钉的石面蠕动，斑驳敦实并暗藏些许邪意，这种暗藏奇谲，应该是他印章的迷人之处。正如其中一方边款："余刻朱文，同门诸兄评一'骚'字，郁闷之极。"唉，印人的郁闷成了画家的欢喜。

用好印有一个下场令人担心。今年看中国美术学院中国画系本科毕业展，有一位画山水的同学，看作品，画面草草，但所钤之印应出自同届书法班好手，我身边匆匆走过的两位同志说："这哥们用印不错……"用文斌的印我很怕落得如此下场，害怕，不表。用印中也有出自滁州戴武、北京的李翔等不一，戴武的拟古作风堪称皖中第一刀客，应不为过。

和草草室一样，我的案头也常堆一些正在看的书。5月中旬刚搬过来时，坐椅背后堆放一些画板，各种大小，有自己定制的，有朋友做完展览后顺手留给我的。因为面靠墙，横档裸露在外，我就把近来看的书，罗列在画板的档料上，一目了然，也不占案头空间，朋友来访时说："这是犁兄的阅读排行榜。"书没看完就开始炫耀确实不妥，赶紧收拢堆放在画案的左侧，不知别人阅读习惯怎样？朋友中士明兄、善春兄的阅读量是我不可企及的，而高士明的阅读激情更让人叹服。我喜欢三四本书七八本书同时看。对自己来说看起来比较累又必须看的，属于精读书目。不认识的字要查字典，而字典又是从《新华字典》、《现代汉语词典》到《辞源》，假如《辞源》上还查不到，我就无能为力，期待未来上一定的阅读台阶来解决了。这类书看得特别慢，一天几页如古代汉语学习中的文选部分，选自《左传》的短文，实际都是自己熟悉的东周列国故事，但阅读先秦散文可没有看冯梦龙小说来得潇洒，读几句看看注释，翻翻字典，举步维艰。再是民国文人写的导读类书籍，如瞿兑之的《骈文概论》，看选段有时会词不达意，但高手的导读，深入浅出，不会绕来绕去，不会越分析越远离文本。还有一些读起来并不是太累的诗词选本和画论汇编，近来画案上堆放的是萧涤非的《杜甫诗选注》《四王画论辑注》和新近买的蒋寅的《金陵生小言》，我看诗词选注本的习惯，是受蒋寅的导师程千帆先生一篇谈读书的文章影响，先看选本再读文集。而我的阅读范围几乎在各个选本上徘徊，读读停停，停停读读，信马由缰，亦不求甚解。明清画论受明清文人影响，以随笔画跋居多，假如熟悉美术史还是浅显易懂的。

另一类是可以带来阅读快乐的，案头出现杨仁恺主编的《中国书画》，由于在艺术品鉴藏与保护教研室工作，对这个专业又没有什么认识，于是利用暑期翻出十几年前买的鉴藏类的基础知识读本，我以极快的阅读速度推进。这种可以控制阅读速度的快乐阅读还有《芥川龙之介作品集》，其中《江南游记》让我看到上世纪初日本文人眼中的杭州："茫茫的烟水之上，月光从狭窄的云缝直泻而下，斜插进湖水的一定是苏堤或者白堤。"文中也让我知道风景点的俗化并不是当代的专利。还看到上世纪初日本文人看山的心情："我倚窗而立，不由地想到，我自己好像成了南画中的点景人物，因而试着摆起飘然的架子。"书堆中还有好友勐卿送的《退步集》（陈丹青著），沿着陈丹青对中国城市建设的答问，又使我买来王军的《城记》和《梁陈方案与北京》，在阅读中让我感受到那个时代知识分子良知的同时，也感到有良知的知识分子的孤独与无助。在一些老先生的"文革"记忆中十年浩劫已不堪回首，而90年代我们在急着改变城市起居条件而大兴样板工程的同时，那种对城市破坏的大刀阔斧，使推土机等工具终于显示了机械文明带来人为破坏的工作效率，让"文革"十年中的锤敲绳拉等手工活望洋兴叹。

书堆中的《告别夹边沟》是几天前在体育场路折扣书店晃荡时进入我视线的。去年陪高友林先生在上海参加刘海粟美术馆举行的程丛林画展开幕式，开幕式后的晚餐上听"伤痕

王犁·阳光下玩蜥蜴的女孩
纸本墨笔·36cm×25cm
2007

美术”的主将李斌介绍阅读这本书的感动。关于“夹边沟”，我在美学家高尔泰的散文中读到过，而有甘肃工作经历的高友林先生更是有所耳闻，晚餐后高先生嘱咐我找找这本书。年初我在《杭州日报》副刊读书栏目，看到一篇《孤独的书是可贵的》，文章提到《告别夹边沟》，正好与这版责编有过接触，就打电话去问文章作者和书的事，并提到我刚读完高尔泰《寻找家园》的感慨，那位责编说文章是《北京青年报》朋友转来的，你在哪儿找到《寻找家园》？看样子是鞭长莫及了。但书评中引用雷达的一句话：《告别夹边沟》有如“阴霾中的一道闪电”，让我过目不忘。

新近又堆进《买书琐记》和《我的书房》，范用先生这位著名的爱书人编的《买书琐记》，其中很多篇目，如郑振铎、郁达夫、周作人的，在他们的文选中早已读过，阅读类似文章真是一种轻松快乐的选择。这类文章在他们的文集中一出现，我会以最快的速度阅读完，而汇编在一起，确也是范先生为满足类似读者的良苦用心，我反而会慢慢看，甚至隔三岔五地碰它一下，或许是怕美味太多上火。翻开《我的书房》，仿佛是与无缘接触的前辈学人进行一次情感的问候，在亲近的同时更多的是一种发自内心的尊敬。杨绛先生百把字的《我的书房》中写道：“我家没有书房，只有一间起居室兼工作室，也充客堂。但每间屋里都有书柜，各人都有桌，所以随处都是书房。”这让我想起黄永玉在《比我还老的老头》中，记与钱钟书的零星交往和对钱家的印象，钱是没有藏书的，家里仅几册工具书。现在看到权作《我的书房》约稿的一封短信和几帧照片，何止是感慨和感动。

画案就是这样，其实更是书桌。每每看到自己摆放的习惯，不觉哑然，借此也把这篇文字献给影响我青少年时期成长的老师郑宗修先生。

2005年8月3日兴坞居

期待中的歌唱

——也谈文化浙江

身为浙江的艺术家总是让我庆幸，让我庆幸而自豪的是浙江的人文传统特别是“五四”新文化运动以来浙江籍文人学者们书写中国的人文传统，让我们至今感到兴奋。每一次听到人们娓娓讲述这一百年的故事时，总让我有一种逆向的思考，“浙江籍”与“浙江”究竟有多大的距离，我想当然地认为“浙江籍”应该与浙江的过去有关，“浙江”与浙江的今天与未来有关。对于津津乐道辉煌的人们肯定没有太大的区别，对善于反思或者喜欢说些风凉话的人来说总有让人较劲的地方，特别并不都是批评家的我们，我们要了解浙江的过去，想知道浙江的现在，并更关心浙江的未来。

世纪文化的发展，作为发展中国家的中国，有她特殊的历程，在面向新的一百年的2003，已经过去三年的光阴不能决定太多的问题，但在学术较为清明的今天，“强权政治”、

“殖民文化”、“后殖民文化”、“西方中心主义”、“女性与女权”、“话语权”、“民族文化”、“世界性”、“地球和家园”、“绿色和平”、“发展与对话”、“后文革”等等尖锐的话题已经是不争的事实，但对“新文化运动”的再梳理和“‘文革’后开放的中国”一百年中两个断层的反思也不算太长。我们在《求是》《新华文摘》以及人民大学“白皮书”中读到的很多时事性较强的文本，我们在《读书》《收获》《花城》等读到的新思考的萌动，已经成为未来文化发展的指向。

文化与经济的关系有专门的论著，无须我多说。作为改革开放前沿的广东、浙江，20年来的业绩有目共睹，长江三角洲区域经济有序发展更是为文化的波动搭好强有力的舞台，我们在做什么？我们怎么走？我们走好了吗？现实会告知，我们还需要准备，我们慢慢走。

在我们这个诗的国度中，几千年来诗的表述方式一直是文人的理想，“文革”后中国关于朦胧诗的论争和伤痕文学已经是特殊的历史时期特殊的文化现象，诗人们在万人体育馆中享受他们该享受的荣誉之后远走他乡，成为各个国际诗歌节的游民或者把某个文化基金会化成自己栖居的牧场，任人评头论足。而我们浙江有我们荣耀的臣民，民间诗刊《北回归线》在中国民刊中有举足轻重的地位，成为当代诗歌评论的重要文本，作为“朦胧诗”、“后朦胧诗”时期的代表诗人梁晓明，在诗歌已经不是我们现今生活必需的今天，没有停止过他的思考，成为一直谋求林中栖居的人们在现实浙江的佐证。诗歌能干什么？可笑，作为仍然热爱诗歌阅读的我，只能反问诗歌能干什么：她仅仅是一种较为理想的言说方式。在我们的时代，我们的杭州，我们的诗人仍然保持他们的纯洁，告诉生活，社会并不仅仅物欲横流：

我曾久久回想
被我像迷路者一样走过的街道
地名和风景
其中曾寄存过我的肉身和行囊
当我独坐孤山，神思恍惚
我是我自己的巢穴
正好踮足远望：
苏堤春晓、平湖秋月
“让安于幸福的人忘记赞美
让远道而来的人自惭形秽。”

钱塘自古繁华
多少良辰美景，人海茫茫
一滴水在水中的无力
城市的含义在于淹没
拒绝我，因为我小心翼翼
我曾在十字街口感到无路可走

流浪人的地址，在南山路的秋天

在柳浪闻莺

偶尔遇见的鸟儿令人渴望

它的爪子紧抓树枝，或者

绕枝三匝，依依不舍

我沿着西湖走了三圈

游人如织

“而那些一天所获的人

将成为多余的包袱

是谁在天堂留下这颗天堂的眼泪。”

——肖遥《杭州》2000年9月2日

甚至连起居和温饱问题的颠簸侵袭都不能终止诗人们如夜莺般的吟唱，我们还要期待什么？

在诗歌多没有太多阅读背景的今天，文学又能怎样？我们不怕没有好的读者，只怕没有好作品。已经成为“浙江籍”的作家，一个牙医的冥思和幻想，在浙江杭州湾一个小镇上创造出当代文学的神话，从《十八岁出门远行》《在细雨中呼喊》到《活着》，不得不成为浙江文学创作的荣耀，离开浙江后的余华虽然又创作出《许三观卖血记》这样充斥江南地域特质的语词，只能证明作者仍然能保持其先锋的姿态在《我能否相信自己》的智性话语中翱翔，让我们能替与浙江有关的作家在众多豪杰日趋失语的今天仍然能保持其更大活力而高兴。近20年的文学创作可圈可点，复归沉寂的叶文玲在渗透浓郁乡土气息的个人书写中卓然有成，王旭烽的《茶人三部曲》，陈军的吴越小说《玩人三记》等，莫小米的散文短小精悍，用女性犀利的视角杂评世态，80年代寻根文学"三个半"中的李杭育等等，近年亦有获茅盾文学奖的辉煌纪录，但在当代中国文学中总没有陕军来得凶猛，难怪会有"重振浙军"的说法。在我的阅读中，浙江的文学批评要比文学创作走得远，洪治纲、盛子潮等已经跳出一般批评家的水平与京味海派、学院民间们拔刀论剑，比划比划也能划出个道来。相信更年轻的作家艾伟、夏季风等会给我们带来更多的阅读兴奋。

在近20年的美术中，浙江秉承"五四"新文化运动以来的人文传统，在当代中国扮演着不可替代的角色。以中国美术学院这所中国第一流的美术院校为依托，在仍然能呼吸到明清以来人文气息的西子湖上述说出属于自己的声音，"文革"后"伤痕美术"的主要参与者陈宜明，"八五"美术新潮的"池社"、"新学院主义"，"新水墨"的谷文达，游走在录像和装置之间的张培力。一直承袭传统文脉的中国画教学和浙江中国画家们在张扬先锋和另类远离传统的今天，带着各自的思考，迈着稳健的步伐，正如有人苛刻地说："正因为浙江的中国画继承了一点明清甚至是海派的传统，使浙江中国画在远离传统的当代中国占有特殊的地位。"理论家们倾向史和译介的明显选择，不无类似傅恕安先生从文艺批评转向文学翻译的理想和无奈。学者们国故整理热情和学术追求的转向，以及诸如王元化、林毓生、赵汀阳、陈嘉映等哲人学者们频繁出现，已经超出一般观念和现象的讨论，在传统文化追寻的过程中，对当代中国文艺复兴的谋求成了亦为知识分子的画家们的真正企图。

一直没有像样美术馆的浙江，已经把建筑与美术大省相称的美术馆提上具体的日程，我们的晚报煞有介事地告诉人们我们不仅将拥有理想的美术馆，而且美术馆还有它的商务用途。假如作为一种善意的引导，倒也无可厚非，但作为“重大发现”见报，显得有点幼稚可笑。改革开放20多年来为浙江经济立下汗马功劳的商人企业家们，能够在度假村谈生意，能够在宾馆餐厅谈生意，当然也能在博物馆、美术馆谈生意，正如我们的世贸中心也能办画展一样，但世贸中心与美术馆有很大的不同。亦如有人进言断桥边塑许仙白娘子雕像，白堤苏堤立上若干白居易、苏东坡类似看图识字的诗牌，是为了增添西湖人文气氛一样简单可笑。

没有自己的特色传媒就缺少话语权。在影视传媒发达的今天，传统传媒仍有其自身的学术价值，文学类有《江南》《东海》《西湖》，《东海》改头换脸成《品位》，近来又不知换成什么；《西湖》是一份较为朴素的文学刊物，摇身成了《鸭嘴兽》，晃晃悠悠又转回来；《江南》依然延续原有的方向，但没有太大的受众群，不可与广东的《花城》、上海的《收获》同日而语。美术类《富春江画报》已经是历史，《新美术》作为一份学报仍然坚持着自己较为单一的立场，步履蹒跚十年的

《美术报》因为它的时效性和专业报纸类的唯一性，在精英和大众中游走。每人掏500元钱集资开印的民间诗刊《北回归线》虽已停出三五年，但它的周围仍然坚持着像梁晓明、刘翔、陈勇、泉子这样属于我们的诗人。

不论我们的文化究竟对发达的浙江经济依托了多少，我们的文人们仍然会努力创造有浙江风度，可以代表时代的先进文化。

2003年6月26日

③人物与感怀

绘画只是一种需要

在我想叙述拾荒老人洪勋先生的时候，我忽然想起这样一句话——绘画是一种需要。浏览过洪勋先生所经历的流逝岁月，我们不难想象出绘画作为行动只是一种需要。在这个动荡不羁的世纪里，在人们更多兴奋或者感慨的声音中，世纪末的我们在充满憧憬或茫然的展望中，在确立那些决定世纪意义的人物之前是否会想知道得更多一点。历史总是那么异样，面对世纪末的我们,在震耳欲聋的潮流时尚之外，总会听到一些清新可人的声音，只有廓清这些给未来取向带来更多诗意可能的角落时，才能告诉后人，我们这个世纪的绘画发生了什么。

“洪勋先生，字钦臣，号拾荒，浙江浦江人，1913年12月生。少年时代受郑祖纬影响，开始学习绘画。1933年毕业于杭州西湖国立艺术院绘画系，后在中小学从事美术教育工

洪勋先生1913–2001年

作，1931年作品《枝头好鸟亦朋友》入选在美国芝加哥举办的世界博览会，1960年有《竹虾图》入选浙江省第一届美术作品展。"当我们阅读完先生不长的履历，翻开先生一直珍藏的《国立艺术院第一、二届毕业作品集》，在第二届绘画系作品中的《松石图》上，清晰地看到潘天寿先生的题字"石涛上人属清代用墨之善变者，钦臣仁弟此帧领得其韵致，寿"，对于刚欢度过中国美术学院70周年校庆的我来说，面对母校的前辈，更多的是来自绘画本身的感动。我正是以这样的心情轻轻地叩响了先生的门。

1998年6月2日下午　千岛湖

王犁(以下简称"王")：洪老师，我是从小听您聊关于自己、关于绘画、关于美院的事长大的，断断续续印象很深，今天我想趁这个机会，系统地了解一下先生的绘画经历，好吗？

洪勋（以下简称“洪”）：……现在记性很差，只能零零碎碎地记起些东西。

王：没关系，随便聊聊吧，先生所经历的人和事，对于先生来说可能并不重要，但对于我们后学者来说或许很有意义。先生是怎样从老家浦江去杭州报考国立艺术院的？

洪：……郑祖纬……我完全是跟着郑祖纬出浦江的，在杭州有些时候同住一床，我们是亲戚，他是我姐姐的小叔。

王：您叫他什么？

洪：我叫他的号，叫地生，他们兄弟四人，他排行第四。

王：我以前听您说在哈同花园，也就是国院的旧址，常看郑祖纬画画。

洪：是的，郑祖纬的画很大，常在学校画丈二的作品，由于是同乡又是亲戚，我们常在一起，我常帮他拖拖纸什么的。

王：先生从美院毕业后做什么？

洪：毕业后在浦江附近的小学教画画。

王：我以前听说先生在诸暨工作过，那时是否与余任天先生共事。

洪：在诸暨的大东乡，大概是叫枫桥的中学当教员，当时余任天先生是在小学当教员，两所学校一前一后，但不是一个单位。当时画宣传画，画得很大。我们中学的校长还是从日本留学回来的。

王：这时是在抗战前还是抗战之后？

洪：当然是抗战前，那段时期差点没了命，有一次六架日本战机来轰炸，大概是因为周恩来先生来了诸暨，上午还到我们学校讲过话，中午之后就来轰炸了。

王：您当时是画国画还是搞木刻？

洪：西画和木刻，我教的材料都是木刻。

王：我曾经看过您早期在国立艺专画的一张国画《松石图》，上面还有潘先生的题字，后来怎么搞木刻了？

洪：我在学校学的是国画专业，由于时代的原因吧。我在诸暨呆了一年，因为战争的原因中学解散了。我回到浦江，回浦江就失业了。在国立艺专时还有一位浦江的同乡叫项荒途，我失业后到杭州就是由这位同学负担了我一年的费用。抗战时期他去过两次延安，去过一次后回来组织地下活动，他在拱宸桥的小学工作，还到艺专来活动。我毕业的时候，他早不读了，他在艺专读了两年。项荒途第二次去延安，他们夫妇俩和另外两个人回内地，途中被捕。另外两人晚上有幸逃出，而项的眼睛极其近视，被日本兵取下眼镜后就什么也看不见了……

王：我记得以前听您说起过艾青在艺专时与先生同班。

洪：艾青第一学期不很认识，第二学期就熟悉了，他原

洪勋 · 潇湘雨竹
纸本墨笔 · 33cm × 94cm
1963

洪勋·五月枇杷
纸本墨笔·70.4cm×34.6cm
1987

洪勋·菜王图
纸本墨笔·105cm×34cm
1981

名叫蒋海澄，二年级时去了法国。他有一个妹妹也在国立艺专，我住在外面时，她就住在我的隔壁，在里西湖的西湖博览会工业馆附近住过一年。

王：记得我认识先生时，您就订了很多艺术类的刊物。

洪：……这是我们的校刊，《新美术》从开始起一直没有漏订过。

王：先生在早年就与潘天寿、余任天、吴大羽等大师级的人物认识，不知后来有无来往？

洪：余任天先生没有过世前，我去找过他，找过好几次，潘先生对我也不是太熟，因年纪轻，我毕业时不过二十三四岁。吴大羽先生是我读书时的班主任。

王：我记得小时候您说起过上海的白蕉等先生上黄山途经淳安时拜访过先生，我曾看到过他们送您的字。

洪：我记不起来了。

王：您现在眼睛怎样？

洪：不行了，老花……

王：现在85了吧。

洪：86了。

王：像先生这一代画家历经了抗日战争、解放战争及新中国成立的诸多政治运动，您有没有因为这些外在的原因停止过绘画？

洪：没有。

1998年6月3日下午　千岛湖

王：我记得小时候来拜访时，先生临池日课不辍，诸如王羲之的《十七帖》等，在先生75岁前后我看到还有临文征明的蝇头小楷，不知现在怎样？

洪：写字啊？字天天写的……后来这些年，除了画些画外还是蛮安静的。

王：我昨天看一些老照片，晓得先生在中年时期还和美院的老师如王伯敏、朱恒有、孔仲起诸先生有来往，一起去黄山写生。

洪：以后没有来往了，我回忆起来自己在自学方面还是无能啊，底子也薄……年轻时在国立艺专毕业前后郑祖纬的早逝对我艺术上来说损失是很大的，他是在快毕业的那个学期生的病。

王：关于郑祖纬，您能不能说得更多一些？

洪：郑祖纬每个假期都在家画一大批画，开学后回学校搞展览，日本领事馆的领事买过很多。他每学期会带一批画给那个日本领事，常被买下一些，给他百来个大洋，郑可以维持一学期的生活。那位日本领事曾多次提出帮助郑祖纬去日本留学，郑不愿意去，他曾谈起国立艺专是中国最好的高等美术学校。

王：我们现在同其他院校之间常有一些校际交流，先生那个时代是否也有，如与北平艺专或者中央大学等校？

洪：没有，基本上没有什么消息，交通也不方便，当时

洪勋 · 墨牡丹
纸本墨笔 · 29.2cm×34.5cm

徐悲鸿在中央大学。

王：已经很迟了，我们就谈到这里吧？影响先生休息了，先生所说的一些鲜为人知的事实对于我们来说是非常有意义的。

洪：哪里，都记不清楚了。

以上是一个老人与我的对话。他是一位仁慈安详的人，和所有善良的老人一样真诚地面对生活的人。在老人身上，我看到一种古老的传统，一种属于绘画的品质。历尽动荡而从未停止过绘画，正是一个画家最为纯粹的现实。

他默默无闻，将绘画自然地融入生活，成为生活中的一部分，对于我们后学者来说更有一种难以言喻的感动——绘画对于先生来说只是一种需要，不是我们面对的那种有些自作多情的崇高伟业。回顾历史，对于一位单纯而善良的人来说，先生的绘画不正是那个时代的一种较为恰当的体验吗？而先生的生存方式或许正是那个时代最为恰当的个人生存状态的体现，这种生存状态将会成为我们时代的一部分人面对绘画时最好的示范。设想我们处在那个动荡的历史时期，作为一个清醒的人来说我们能做到什么，我们能在那样的生存环境中坚持绘画吗？

远离城市或许正是这个世纪无意中给予一个善良而淳厚的人最好的赏赐，让他有机会安静地对待自己的生活和对待同样善良的邻里。

1998年6月7日杭州金沙港

洪勋先生于2001年7月6日过世，同年冬至入土。享年89岁。

佛魔同体　如水乳合

——记秋农先生

也不知道秋农先生什么时候把他的书房命名为佛魔居，也不知道源出什么典籍，听起来够绝，正如书法黄埔毕业多年，远在广西的张羽翔聊到此老时说“深不可测”，或称惊奇或是欢喜。上世纪90年代初在中国美术学院中国画系上学的学子，走在南山路高墙根绿荫里，时常会碰到自己心中崇敬的师长，有时还能看到小推车上出来荡荡的陆抑非先生。回到宿舍大家伙少不了瞎吹一通，聊得最多应该是秋农先生，大多道听途说，亦真亦幻，确也给刚上学的我带来很多对学院的景仰之情。

初见秋农先生是在中国画系欢迎新生军训归来的聚会上，秋农先生作为教授代表讲话，见其神清气爽，一字一句，不紧不慢，从军训聊到先秦书生必修的“六艺”，其中就有“御”和“射”以及古代文人文武双修的传统，给刚入学的我们留下了深刻的印象。

学院这拨小子的顽皮大家肯定有所耳闻，高年级中更不乏说书高手，“哎呀！我们章导可是个高人……”于是陆陆续续开始听到秋农先生许多奇闻轶事，什么平地蹦上高台，什么翻手震腕飞筷杀鼠，什么开会无聊徒手折玩硬币，什么马步单面起酒席等等不一。“你知道章导每天早晨干什么，你去碰碰看，他练完功后会去菜场选一上等的蹄髈。嘿！那可不是随便选的，我们章导是有要求的，你看看你看看，他东转转西转转这看看那看看，就这就这，翻腕一提，回去亲自下厨。火大也不行火小也不行，章导可是有绝招的，时辰一到，打开，哎呀！那可是大补！你看看你看看我们章导脸色红润，什么时候不红扑扑的，这可是养出来，不精心调养，一朝一夕能行吗？”……神侃完还一脸坏水偷偷乐：“不信你去摸摸看，那可如童婴一般……”我等听得神了，将信将疑，暗生敬意，也凭空多了几分好奇。这哥们神侃容易，你说我们敢去摸摸看吗？

初次去佛魔居也是一年级。虽说在中国画系读了半年书的我，毛笔拿在手上横竖不听使唤，更不敢妄提笔墨。期末在校园碰到刚教学检查完的冯远老师，提到我的作业并说：“在中国画系读书，书法基础不加强会很吃力。”建议我多练练，帮我介绍一位老师，平时常带作业去看看，并问我喜欢哪位老师，至今不知究竟是什么原因脱口说：“章老师，章祖安老师。”冯老师说：“章老师是很严格的，你要不怕批评，我打个电话给他，你这几天去找他一下，自己要用功多练习。我刚考上学时，方增先老师也帮我介绍卢坤峰老师，跟他学撇兰竹。”想来确也觉得自己胆大，现在仍写得四仰八叉的字，那时居然敢去找秋农先生。隔了几天，我拿着一堆毛边纸上临的字去找秋农先生，秋农先生正在吃饭，让我在书房小坐随便看看，初到佛魔居哪敢瞎看，只是坐着静候。不一刻，秋农先生吃完饭进来，好像小酒微醺，我简单介绍了一下自己，也聊到初次在系里见章先生的印象。大概是年少，遏止不住自己的好奇，还没有请教书法就开始瞎问。大概先生心情不错，“啪”蹲了一个马步，还说：“你推推看。”这我哪敢推。章先生又说：“你踹一脚试试，看我动不动。”推都不敢推哪敢踹，他看我实不敢配合，就抄起我的手，“你摸摸看，这肌肉……”章先生这一身硬邦邦的肌肉，可非常人能比，确也骇人。随便聊了几句后章先生简单翻看了我写的字，说笔是能提起来了，还是要多写。现在想来像我这样的基础去请教简直是太奢侈，还好以后没有太多地打扰先生。

在教学上秋农先生是出了名的严师。散漫不羁是美院学子开脱自我疏懒的绝佳理由。那时在课堂上真正没有一个学生迟到，应数秋农先生的课了，在宿舍走道上见高年级的同学起得很早并且行色匆匆，就知道是赶着上章老师的课。作为人物专业的我，有幸听过秋农先生讲诗词题跋，偶有人迟到也是几年一遇，印堂发亮目光如炬的章先生会越发聚起他

《章祖安书法集》人民美术出版社
1999年3月第一版

的眼神如聚锋杀纸般盯住那位同学一言不发，直到那位同学悻悻离去，秋农先生会马上恢复他的谈笑风生。秋农先生讲诗词题跋旁征博引信手拈来，记得聊到徐文长那首著名的题画诗“半生落魄已成翁，独立书斋啸晚风；笔底明珠无处卖，闲抛闲掷野藤中”的“啸”字，感叹魏晋时期文人长啸的山涛海鸣，不要说如今古风不存，到了明代读书人也只能在书斋独立啸晚风了。秋农先生也曾说：“两个大男人，碰在一起，如果不吹点牛那是很没趣的，如果两个男人吹牛正上劲，那要命的老婆又从厨房伸出头来说，又在吹牛又在吹牛，那更没劲了。”秋农先生谈用笔时叫“调锋杀纸”，笔是柔力不是蛮力，关键在调锋，假如只靠瞎使力，你叫占旭刚来好了，举重世界冠军最有力气。听者哗然。秋农先生谈到马一浮先生的落款蠲叟的“叟”字的颤笔，到现在成了高级防伪商标，不是个个都能颤对的。

毕业几年后的我有机会回母校进修书法，看课表上有章先生的课，心想又有机会见到秋农先生了。章先生课堂的张弛有趣是不用表的，倒是课后秋农先生问起我的学业，我带了些近作的图片请秋农先生看看，章先生翻了翻并点评一二，觉得有一小品与其他略有不同气息，尚可，我乘机希望秋农先生题个诗堂，章老师看了看，觉得我画的姑娘虽是背影但腹部的外形仍有问题：“你带到家里来，我就照这个题吧。”一年后的一天突然接到秋农先生的电话，说那画已题好让我去取，我约定次日上午10时，待我忙完公差匆忙赶到已过自己约定的钟点，这时在我面前的秋农先生之眼神早已不是聚锋杀纸的底线，心虚的我能有机会静听先生暴批已是一种福分了："年轻人还想与世界接轨，首先时间给我先接上，不要随随便便，不守时什么也办不了，现在堵车本是常有的，那是自然不可抗拒的因素，有电话要及时告知……"劈头盖脸之势，确也句句在理，听得我大汗淋漓连连称是。这时先生才打开画卷指着诗堂读道："'花季少女怀六甲，不知若个是亲爹。题王犁君画，癸未岁祖安。'时下你们都称新锐画家，我只能把印打歪呼应一下。"见一方白文打倒，一方朱文"左倾"，章法严正，毫无突兀之状。秋农先生看了一眼时间又说："本来准备同你聊聊天，我提前五分钟停止工作，把笔洗净，等你到，你看你看……你好走了。"我一再表示由衷的歉意后悻悻离去。回家把画挂在墙上，看到秋农先生庄谐之间的字句，不觉哑然，并提笔去信再次对自己的行为表示致歉。秋农先生正是这么一位极其严肃又颇为风趣的结合体。

临近岁末的一个下午接到秋农先生一个电话，问我什么时候进城，顺便帮他带两本书给滨江的老友，我说最近正好给他的弟子杨涛写了一篇短文，因为提到先生，杨涛希望请先生过目一下，假如可以次日就去，并一再声称不敢造次不敢造次，秋农先生反而说："没几天就过年，城里到处堵车，你想不迟到都难了。"

次日看到秋农先生的新著《中国传统文化与中国书法艺

《中国传统文化与中国书法艺术》章祖安著
辽宁美术出版社2003年9月第一版

术》(章祖安著，鲁迅美术学院中国画系编，辽宁美术出版社2003年9月版)，这是一册秋农先生近20年从史论、文论、经论到书论和画论的精选集，我们在短短的自序中就能感知到先生治学的严谨，诉诸笔端的是作为一名书家的知识结构："主张如何，必先问自己如何，最好能亮出自己已经如何。"此著实为秋农先生"已经如何"之亮相，正是这样步步为营的方式娓娓道出自己的观点和立场，并让读者享受到先生为文的乐趣，因为叙述的快乐而带来阅读的快乐是怎样的一种境界，先生从书家的“全人格”聊到“人格”，从狭义的“人格”（所谓敬业）聊到“学术品格”必有学术的前提，诸如：“‘医德’必先精通医术，方有医德可言。医生对某女子进行性骚扰，无关医德，但若骚扰对象为女病人，则不仅医德大亏，且将负法律责任。”这种行文起伏跌宕正如秋农先生一样亦庄亦谐，几个让人捧腹的实例就讲清当前某些鸡同鸭讲的所谓学术争鸣。

秋农先生为人、为学、为文、为书的身体力行，处处显示出先生对传统文化的追慕之心，自小得异人相授让人称绝的一身武艺，也是先生传承古代文人文武双修的具体表现，听先生上课或同先生聊天，非常当下的语词和时尚的话锋总让人拍案，先生以传统的姿态在文本中谋求极其当下的语境是先生面对消费时代快餐文化对现世侵蚀的反抗，深研易学的先生从不故作高深，再阳春白雪的话题在叙述中会转换成极其简单的俚语俗话来探讨并溯本清源，这种深入浅出的表述方式更是先生的绝妙处。在这不语“新”就让人感到落伍的特殊年代，潜藏的仍是机械时代的简单复制，秋农先生一再宣称自己保守者形象反是我们所处年代“不媚俗”的表现，字里行间透露的是一位“年过六十方觉始”的老知识分子的责任和良心。

2004年2月6日于兴坞居

海天旷达观无涯

浙江一直被誉为传统中国画的重镇，近期人民美术出版社出版的大型画册《中国近现代名家画集 · 孔仲起》，再次让人感到了个中缘由。贡布里希在《艺术的故事》开篇就指出："实际上没有艺术这种东西，只有艺术家。"确实，近百年来构成浙江这个中国画传统重镇的，正是一代代创造了可以代表这段历史人文高度的艺术家。

上世纪90年代初，西子湖畔南山路中国美术学院的校园里，我所在专业的先生们，还是有机会接触的，而接触其他专业的先生的机会就很少。偶有重大的文化活动，远远看见先生的先生颤颤巍巍地讲话，如沙孟海先生；或者在南山路茂密的梧桐树下见到陆抑非先生坐着小推车出来转悠，这些，都成了如今可以吹嘘的感动和记忆。那时的美院校园，也如抗战时期的西南联大，群贤毕至，并且都有几段故事在

《中国近现代名家画集 · 孔仲起》
人民美术出版社2005年5月第一版

校园的新老学生中口耳相传。关于孔仲起先生的记性问题，就是当时流传最多的故事之一：某次陆俨少先生身体不佳住院，孔先生提着师母准备的水果去医院看望，转了一圈，孔先生又把那水果提回了家，回来居然还问师母："阁个(这个)水果是哪里来的？"人物、地点、情节俱全，让听客叫绝。近年，我还特意为这事求证于师母，师母笑着说："没这么回事！"倒是孔先生听完则大乐。有另一事佐证他的记性：都说德国法兰克福机场地形复杂容易迷路，初次去德国的同志都会担心，每每到外办先了解详情，外办的同志告诉他们："没事的，孔仲起老师都不会迷路，你们担心什么。"

大雨滂沱之后，我一人看着窗外如洗的远山，冥冥中无故生出一种感恩的心情，感激上苍的善待，其中一点就是朋友们常说我有“老人缘”，也就是“先生缘”。我上大学时看到一脸佛相的孔仲起先生在校园走过，并没有机会接触，倒是毕业后由于工作分配的原因，南方的我有机会在开封作半年的逗留。河南大学的丁中一先生是孔先生的大学同学，每当我在开封与杭州之间来回，先生因同窗的友情总会让我捎些东西，使我有更多的机会见孔仲起先生。有一回，丁先生让我带两瓶河南酒回杭州，带是带到了，但在去孔府的路上已被洒得满袋酒味，我尴尬地提着酒走进孔先生家，说明缘由。先生仍是乐呵呵的：“闻到酒香就可以了，不要紧，闻到酒香就可以了。”我的惶恐在先生祥和的笑声中慢慢化解。与孔仲起先生接触过的人都能感受到孔先生的大度与宽厚，难怪比他低一届的老同学童中焘先生这么说：“相交50年，确实看到孔仲起继承了孔老夫子的美德，气量很大。由于性格不一样，有时难免争论，但争论之后还是好朋友。他的画一是有气骨，二是造型能力很强，三是纯熟，真正做到得心应手。”

在西湖秀美环境孕育下的杭州，一直弥漫着明清以来挥之不去的人文情怀。蔡元培先生秉着“以美育代宗教”的理想与“完善现代艺术教育”的意愿创办的国立艺术院，更是汇聚了时代的精英。西画有林风眠、吴大羽、方干民等，中国画有黄宾虹、潘天寿、吴茀之、顾坤伯等，这些先生的先生早在二三十年代就确立了在艺坛上的地位，蜚声海内，到五六十年代也没有受新文艺方针太多的影响，而是沿着自己的艺术思路继续突进。倒是50年代入学、毕业并留校的艺术家们，在新中国成立后新文艺方针的影响下，面对"传统中国画怎样为新时代服务"这个不可回避的问题，在实践中进行了有益的思考，如孔仲起先生60年代的《新安江在建设中》《日日升》《烈士墓》《浙江潮》和80年代的《长征路上谱新歌》等。孔仲起这一代山水画家与同时代浙派人物画家一样，在时代使命的感召中大量吸取了学院背景训练起来的西方造型意识，力图完成有别于明清文人画的传统中国画改造。在那个富有时代特色和时代理想的变化中，以潘天寿为核心的画家群仍健在，使刚刚留校任教的画家们能得到更多提示，在具体实践中和语言尝试中总有一股传统的审美力量把他们往回拉，使他们在同时代的艺术实践中保留更多艺术本体的因素。孔仲起先生等浙派山水画家在顾坤伯这一辈先生的影响下，选择了传统山水画的写生方式深入生活，不仅达到表现新社会的时代要求，又使艺术家们面对真山水完成自己的"看"。正如曹意强博士在这本画册序言中阐述的那样，面对科技发达的当下，多种新式传媒以快捷的方式传播着图像，人们对图像的认识更多源自于间接经验(也就是伪经验)。英国的弗洛伊德、法国的阿利卡直接面对对象写生的坚持，在今日欧洲几乎成为文化斗士，而孔仲起先生从上世纪50年代以来对这一传统写生方式较为朴素的选择，旨在解决反映生活的初衷，同时又使画面达到更为清新鲜活的审美需求，却无意成为那些西方具象表现大师们的东方知己。

都说大树底下寸草不生。浙派中国画发展到今天，之所以日益为人瞩目，是在黄宾虹、潘天寿、吴茀之、诸乐三、顾坤伯、余任天、陆俨少、陆抑非等灿烂群星的辉映下，仍有可以代表当今中国画发展水平的诸如孔仲起、童中焘、吴山明、卢坤峰等近20位一流国手的存在。上世纪60年代就向顾坤伯先生行拜师礼的孔仲起先生，一直从师游，专修山水，但他的创作实践中并没有一味追求其师的清韵隽秀，而是努力营建自己的雄浑旷达。嗣后受命协助陆俨少先生带中国画系首届研究生，得以共同学习陆先生的笔墨学养，但也创造了与陆家云水截然不同的孔家云水。其父孔小瑜，其祖孔子瑜，皆为海上名家，而今孔仲起先生又为浙派代表，谁说大树底下寸草不生？需要补充的是在当今海派研究工作中，提及孔小瑜先生往往只提博古画家，赞扬其对器物造型的博闻强记，这种研究仅仅停留在选择题材不同的表面，画道中兴之际能扬名海上的孔小瑜先生，假如不是在审美意义上有所建树，是不可能争得一席之地的，倒是孔小瑜先生的好友唐云先生道出其对海派的贡献："艳不伤雅，秀出一帜。"

画册中我们可以看到作者诗性的流露，在大量诗意画中，作者以现代人的视角去解读古代诗歌表现的意境，以达到写己胸怀的最终目的。清《随园诗话》中曾录过一段王西庄的话："所谓诗人者，非必能诗也。果能胸境超脱，相对温雅，虽一字不识，真诗人矣。如其胸境龌龊，相对尘俗，虽终日咬文嚼字，连篇累牍，乃非诗人矣。”真正的诗意画应是在绘画中探寻诗意的同时，使作者与生俱来的诗性在绘画中延伸。孔仲起先生作品中的诗性，表现作者在壮美的追求过程中对气韵的把握。我行文之时，一位朋友翻着孔先生的“大红袍”说：“孔的厉害，厉害在他对虚的处理上，虚得精彩，虚得有内容。”孔仲起先生绘画对诗性的把握还体现在具体物象，如山石树丛的写意处理，云水流白这些流动物象的抽象处理上。作品《超越时空跨千年》《海天抒怀》《云涛滚滚撼山动》《观无涯》等在大自然的写照中实现了作者“大我”的追求，这应是真诗的意念与气质。

孔仲起先生的艺术实践应是不负于人民美术出版社《中国近现代名家画集》编委会筛选的。

2005年7月14日兴坞居

因为绘画而快乐的人

现今绘画城市题材方兴未艾，现实主义绘画早已不是唯一的选择，深居大都市的艺术家们，面对农村成为一种牧歌式的怀念，或者成为习惯都市生活的人们打着采风旗号进行的一次猎奇经历。确实城市才是他们真正的生活，如果仅仅是因为创作能力枯竭的采风，表现手段技穷的猎奇，我想说我们的生活，我们的体验在这里，而不是在别处。无须去作最后的吟唱，把这种吟唱留给远离都市的人，留给属于乡村的人，留给真正具有牧歌情怀的人。我认识的傅明元先生正是这样的人。

傅明元一直生活和工作在浙江西部千岛湖畔的一个小县城——那是一座被浪花围困的小镇。工作和生活之余喜欢背起画箱进行一些日常写生，大量的油画和水粉写生习作足以让那些喊着现实主义口号到别处去采风的人感到羞愧。正是这种羞愧也让我开始审视自己的绘画态度是否纯正。

在以学院为中心，绘画思潮不断递变的今天，那些远离中心的人，无缘接触学院的人，仅仅因为喜欢，于是开始绘画的人，在以农村为主体的中国应该为数不少。他们深居小镇，远离城市，绘画并不是生活的主要，更不可能利用绘画有所图谋。那些没有把绘画当成事业的人，他们在劳作之余，在柴米油盐的安慰下进行着生命的摆渡，那是因为绘画而快乐的人。

让我们这一代人去述说上一代人坎坷的人生经历好像不太现实，我们的祖辈或者父辈在可能的述说下，都将是一个个故事、一篇篇小说，我们只能用我们的眼光，去体会、去理解他们那一代人现在的生活现实和生活态度。每一个画家或者从艺者在成长的道路上都有一些让他们触动甚至感动的人，傅明元先生的绘画状态和绘画现实就深深地触动了我。正如我企图寻找画面之后的思想时，一位已经退休、身体健朗、几十年从没离开过画笔的长者说："画画，确实很开心。"

2000年6月19日 杭州

傅明元 · 郭家沟
纸本设色 · 36cm × 27cm
2007

傅明元 · 郭家沟

纸本设色 · 36cm × 27cm

2007

傅明元 · 郭家沟
纸本设色 · 36cm × 27cm
2007

傅明元 · 郭家沟
纸本设色 · 36cm × 27cm
2007

山馆门外话心明

因为是同龄人，有共同的喜好，相互吹捧，相互取笑，并寻找相互打击的机会，这是我与金心明有更多交往的原因。

每次拿到金心明的画册或者看到金心明的新作时，总会想：“金心明的画究竟好在什么地方？”看到他得意之作时，会有寻找其相反看法的欲望，好什么！内心肯定有魔。看到他率性之作并不出彩时，又本能地冒出若干个理由，自己暗暗与自己打起笔墨官司来。“那金心明的画究竟不好在什么地方？”当我们刨根问底深究到问题的另一端时，会更明晰自己想知道的东西。金心明的画太随性又太理性，这几年金心明的画一直在进步是肯定的，但这种进步一时半会儿又解决不了人自身的弱点。从金心明身上我经常反观自己，我一直认为自己内心深处是一个非常理性的人，而时常又给人嘻嘻哈哈随性的印象，其实我挺内向，内心痛苦时自己还不知道。确实，当自己给自己指证金心明作品过分随性的不好时，又发现作者或许是用这种绘画时随性的感觉来消解自己过于理性的不足，这时我又会问自己，理性难道是不足吗？或许其他读者更喜欢作者善于思考、勤于分析的一面呢。

在金心明的大画中我比较喜欢《晴岚》（136cm×68cm 2001年作）、《文澜阁》（136cm×68cm 2001年作）、《五松图》（248cm×125cm 2005年作）、《文澜阁·花园》（136cm×68cm 2003年作）、《四时花雨·万松园》（240cm×145cm 2003年作），这些画好在什么地方？好在它们基本显示金心明对大画的控制能力，对形式的理解又暗含其中，与当下同辈画家比应数好手。其他作品我不是太看好，其他大画只能证明他思考的过程和实验的足迹。小画喜欢《香光诗意》（2005年），《仿米云山》（2005年），金笺纸的《观鱼》《绮园》《雁岩》《供佛》（2005年），《抱朴图》（2004年），《万松造境册》（2005年）中的一、两开，《孤山》（2005年），《玉乳洞罗汉》（2005年），《清涧古木》（2005年）。这些画好在笔墨松秀苍润造型不概念。金心明2004年的画，大多画得比较满，大多画得比较过，线条行笔速度快，如笔在釉上走，画幅边缘如裁剪状。金心明画时还边唠叨："不怕过！不怕过！"——这人。

都说人了解自己最难，金心明的厉害是对自己的了解，了解自己与展现自己不是一回事，发生在业务上大众认可和接受更不是一回事，像杏子坞白石老人认为自己诗第一、书第二、印第三、画第四一样。大家都喜欢金心明的画，我倒

金心明 · 万松园图

纸本设色 · 240cm × 120cm

2003

更喜欢他的书法，不知是否自己字写不好在作怪，总认为金心明的书法已非比寻常，但这种凭空的认识，自己又不自信，希望在日后的进步中回想起来，与现在的看法出入不要太多。金心明少作印，偶动铁笔佳作迭出，让专业刀客汗颜，如“担酒寻花”、“四时花雨山馆长物”等，翻看之余，琢磨起来，总觉得比他的画还完美。潘天寿先生谈中国画教学时，曾说“不求一精，但求四全”，这“四全”即“诗、书、画、印”，在当下的理解更倾向于对文化素质和文化修养的重视，有时语词词义的泛化也是一种无奈的选择。传统四大家中黄宾老的诗太学者气，什么东西“太”了就麻烦；白石老人也曾被讥为“薛蟠体”，难怪他会一五一十地为散原老人恭敬地画像；昌硕先生时有打油和市井应酬之作；倒是存诗不多的潘天寿先生颇具诗才，有长吉和诚斋意。经过20世纪60年代、70年代的颠沛之后，能写已是不容易的事，能合平仄、押个什么韵就算是好手了。最近在金心明为章耀《逍遥游》手卷的跋语中，发现金心明不仅能诗，还颇具诗才，又把我吓了一跳，暗生羡意。我一直认为不写诗的人，并不一定没有诗性，而写诗的并不一定都有诗性，没有诗性的人肯定是没有诗才的。金心明的诗性不表现在工作中，而表现在他生活的点点滴滴，金心明对待工作犹如白石老人画散原先生——怎么认真怎么做。生活中的金心明是随笔式、笔记体，内心在对明清文人清闲散文的品读中随风飘荡。几年前获赠于四时花雨山馆的《西湖游踪》《临安山色》，说是画画，更多的是生活记录，要去讨论这不行那不行，其实已经失去作者原初的意义。

近几年参与了一些编辑组稿和展览策划工作，时常在各地碰到各色才子佳人。有些看作品很喜欢，接触人后反觉得作品并不是太好；有些作品不错，接触人后觉得作品更好了。我也深究不出什么原因，记得一次专业研讨会上阿尉老师说“画与人一样是要紧的，猛张飞画细笔仕女还是少数”。金心明当然属于后者，他的作品不错，作为同行我仍然能找出很多不足之处，但接触金心明之后，这些问题多多的指认又被他画外的修行消解，有如此修内的意识，画面的问题就不是问题了。我倒开始担心那些四平八稳的，所谓基本功扎实的、画一笔算一笔的，所谓没有问题的画家起来。有问题是好事，有问题说明还能进步，重要的是发现问题的能力，没有问题才要命，已经很好了，就不用进步了，那怎么办？何况艺无止境呢！

记得金心明不止一次同我聊起对清末民国那段历史的兴趣，那段历史中的人物，那段历史中的事迹，那段历史中的建筑，甚至弥漫在那段历史中的气息，金心明都会尽力去呼吸、努力去思考，不要说杭州和周边的民国遗存，只要他走到的城市，他都会尽量多看看。2004年11月在武汉做画展，湖北美术学院安排我们住宿的房子正好是钱钟书的父亲钱基博的住宅，坐落在校园的中央一栋中西结合的大宅子，他前前后后上上下下看了好几遍，又拍又画的，感觉好极了。余绍宋，也是金心明内心深处挥之不去的民国人物，这位浙江龙游人，早年留学日本学法律，回国从事司法工作，业余画画、写字，整理典籍，回老家编方志。所有涉足的领域都蔚然成大家。金心明是先看他的画论，搜检他的字画，再看他的整套日记、年谱传记，寻找他的手札，翻看他所编的方志，乐此不疲。如此种种更甚于绘画。

四时花雨山馆常客中，云雷、久一等都是眼光很毒的角色，他们一起聊字画、诗词、文人手札、方志、碎瓷、玉器杂件，聊所有和以往有关的物和事。这种旧式文人的生活传统在金心明那里从心向往之到根深蒂固，也是习相近性相随的缘故。

2005年11月5日于兴坞居

墨耕堂前说章耀

画画的大多同普通人一样对待自己的画比较宽容，对别人的画比较挑剔，我也不例外。这样对吗？都说人要“严于律己，宽以待人”，我暗自思忖，画画倒真要宽以对己，严于律人。假如对自己的画不宽容一点，大多数人是画不下去的，我肯定算一个，太严格就画之无味，没有兴趣了。对别人的画不挑剔，眼光肯定越来越差，这“眼低手高”画画更是没有出路。

画家由于作品好而被人记住姓名，真是一件不容易的事。画家章耀的名字被我记住是在没有见过其人之前，大概十多年前的《江苏画刊》上，一手明末清初新安派山水和当时流行的“弄水”手段，古意盎然，这在被“八五”新潮冲击十多年的中国画坛几乎是一缕清新空气。在当时我以“严于待人”的眼光来判断，已能感觉到与时风不同的气象来，至少不能算是不好，对这样起码的判断能力我还是有信心的。

这家伙开始出现了，从四时花雨山馆到墨耕堂，给我带来愉快的交往。多年来的印象确如师长们诉诸文字的描述："亮着眼睛，不发一言，其形象使我想起了北欧传说中的汉斯。"(曾宓语)"总是朴素无华，文质彬彬，寡言少语。"(姜宝林语)四时花雨山馆的金心明会说："他……他啊！他不说的，他只会做……"沉默不语也绝非全部善辈，对付我他会笑眯眯地还装着会抽烟的样子，扬一下手，调侃一句，成为朋友中的流行语："……他们名家都这样的……"

当了解这位学兄后一直想写写他，并不仅仅是从画到人的好感，而是熟悉后让我产生用文字来描述的欲望。近百年的学院进程中，学院教学、学院思潮和有学院背景的画家，逐渐成为主流。我一直热心关注和了解在刘海粟、徐悲鸿、林风眠他们那一辈的努力下形成庞大规模的学院外艺术个体的生存状况、学术姿态和人生境遇。这些艺术个体散落在各地，秉承着地域性较强的文化脉络，在纷乱的潮流之外特立独行追寻着自己的文化理想，他们创造的审美价值，足以抗衡院体并独领风骚。当今挑剔的学术目光，倒无太多壁垒或门户之见，而是关注创造者创造了什么。在行政区划较为明晰的中国，大部分生活在非都市、非文化中心的从业人员，学习经历会更不容易。章耀是有福气的，成长在杭嘉湖平原腹地海宁硖石，这个道地的江南小镇，明清以来一直人文荟萃，在这里走出的文化精英的密集程度几乎没有其他地方可

章耀·李云雷造像

纸本设色·34.5cm×22cm

2005

以同日而语，成长在这弥漫着明清以来人文气息的特殊环境里，人们口头言谈的民国人物仿佛仍然活在身边，对于学习传统中国画的人来说与生活在资讯发达甚至喧嚣的大都市比较应是一种福气，但这种福气是建立在成长的认知之上的。中国人太讲究传承和名师指点，在成长经历中遇上一位名师，有助于获取不俗的认知。章耀十六七岁时认识与当时徐生翁、余任天、诸乐三等一流画家有交往的沈红茶先生，让章耀在当时看来“怪怪”现在想来是“不俗”的审美起步，章耀是有福气的。我始终认为一位从艺人员的起步无所谓技术的高低，更应是审美取向的高低，章耀一直在暗含现代极简审美情趣的古意山水中探索，应与这位红茶先生分不开的，这种一出手就是沉着酣畅的地道的中国画表现状态，让深受低层次素描之害所谓“学院”的我，只有徒生羡慕的份。

人们常说学习传统，不在师古人之迹，重在师古人之心，我看到墨耕堂章耀的作品是用古人之迹写自己之心的价值取向。看章耀的作品大家都能感到画面洋溢的古雅之气，这种古雅与制造者的选择分不开，对新安派梅清、石涛，扬州八怪的金农，以及后来对这一路前贤一再解读的民国版张大千、萧俊贤的偏好，把章耀带进一个引人入胜的清逸之境，也让章耀享受到“画面怎么跟实景对不上号，但很多人说他画得好”的滋味。章耀的古雅还来自于造型的稚拙朴茂。我敢说墨耕堂小章拿起炭笔搞低层次所谓造型基础的素描不一定搞得过我，但画山水的小章拿起毛笔徒手勾个人物，每每让画人物的我汗颜，有《羡鱼草堂李云雷像》，有《午社雅集》方寸册页为证。这哥们还常常挤对我："来！反正没事随便画画我。"在这氛围中我曾做过尝试，从没画像过，郁闷！

在人们顺手就打开电脑的现今来说，顺手操起笔不用说毛笔，就是操起圆珠笔，都是一种奢侈。更何况把毛笔当毛笔用，顺手操起毛笔就能入其三昧的状况，应该是一种难度和一种追求。四时花雨山馆的心明兄谈到章耀时："他就是这样……这样瞎弄弄都好的……"并拿起毛笔做模仿状。那种原生的本质的对工具的亲和力，在朋友间颇得赞誉。

我不想在画面本身谈得太多，一个优秀的画家还是在于作品所传达出的有关作者的丰富信息。对文字的描述来说，由于各种机缘和认识可以表述画之外或者画之后的东西，往往不同的表述者有不同的表述理由。我们在章耀作品中获取的信息，肯定与作者审美选择有关，如章耀作品的题目：《树影岚光掩映间》《流泉不断夜叮咚》《卧读陶诗听水声》《松间有屋携书往》《明窗读画胜亲往》等等不一，对这些字句的择取也流露着作者的心性。

作为章耀的热心读者，我一直想聊聊墨耕堂，但尤红《一盆菖蒲》所传达出的文字的魅力，足以让别的叙述显得捉襟见肘，我的唠叨权作墨耕堂前的闲言碎语罢了。

2006年7月8日兴坞居

成长 生长 文斌制造

每每与海外学者、国内批评家聊起内地艺坛的现状，都会有两种声音：一种是中国那么大，画画的人、搞书法的人，怎么像国内的城市建设那样，都那么雷同；一种是中国那么大，人才那么的多，想做出点成绩，想冒出来不容易。我理解有两个问题，内地人才济济，由于人口众多，从业人员也众多，平庸人才再影响视听，随便冒出几个异类集结起来也是一群，但想出类拔萃真是不容易。还有一个是当我们作为个体拼命努力的时候，忘了所有艺术强调个性，独特的语言探索是创作者永恒的话题，书法篆刻艺术也不例外。

已经是优秀青年书家优秀印人序列中的黄文斌得到同行的关注应该是不容易的。记得上世纪90年代《中国书法》杂志上吉林的一位作者连载点评当时的中青年刀手，随着1990年前后民国成名的一些耆宿们陆续仙逝，这些刀手都已是现在国内响当当的人物，如王镛、石开、韩天衡、陈国斌。随着时间的推移，这位点评作者也成业内家喻户晓的好手，真是江山代有才人出。广西黄文斌的成名绕不开90年代书坛的“广西现象”，随着批评的深入，整体中个体的成长，他们也不停地挖掘与反思，还没有回北京读书的莫武曾以反省者的姿态发表大篇幅文章《广西童谣》，告诉关心细柳营的同行“现象”之后的现状。八九十年代仙逝的民国老人的厉害是在他们成长经历中得清末大师的文气，又通晓纯正的传统治学方式，寿命长，活到“文革”后的80年代，真是硕果仅存，他们经过由于人为方式带来的干旱期后，起到文化复苏的传承作用。而王镛、石开、陈国斌这辈印人的贡献，在于对早期金石传统更深层次的挖掘和在视觉艺术的框架内对形式的重视。细柳营的教学正如第五代导演的作品那样是在各种热之后，社会资讯又达到一定程度，产生的一种蓄势已久的图谋。正当别的地方仍在讨论一笔一画写字，研究这个“热”推测那个“热”的时候，张羽翔、陈国斌们讨论着各种新兴艺术带给人们的震撼，让细柳营朋友们在发现中兴奋不已，超负荷纸上训练又能帮助宣泄有着无限精力年龄的荷尔蒙，醉心书法也让我们黄文斌少犯青春期游手好闲的错误。

并不是文化中心，在版图上眼神都快滑到越南才能看到的南宁，总是会出些异才。文学上李冯在“他们”的集群之外，仍然能匍匐前行。鬼子也能在余华等语言突进之后，发现他的泥泞小河。黄文斌他们的细柳营，在街头哼唱“我的眼泪在飞”的时候，他们在寻找鲍勃·迪伦、约翰·列侬的卡口带和卡口CD，还要最好公司出的。记得那是南宁的莫武托人带来约翰·列侬全套的CD，还交代说，这是苹果公司的，最好的全集，你不要顺手又送人了。其他地区在谈论什么形式好看，接着又会流行什么的时候，细柳营的朋友们热衷于《江苏画刊》上报道新一届威尼斯双年展的消息，杜桑和博依斯是怎样地影响当代艺术。因此有些朋友在讨论黄文斌一些形式探索的来历又左右讨论不清时，我总会开玩笑说，它们来自重金属摇滚乐。

90年代末成都“世纪之门”是黄文斌作为受邀艺术家，沉寂了好长一段时间的广西健儿的一次亮相，记得陈国斌先生来杭时还夸自己学生的厉害，在那次研讨会上连石开先生也提到“文斌制造”的后生可畏。我是1994年冬天去南宁与文斌和广西的朋友们开始熟悉起来的，他们有一个共同的特点：视阈宽，搞书法篆刻的对电影、装置、行为等先锋艺术热情有加；关注绘画，受他们老师的影响，认为研究传统要入味，要入木三分，搞现代就得搞得过瘾，不过瘾不如不搞；为人性情、热情，交往中仿佛他们有用不完的精力。记得那年住在邕江边的曹屋坡，文斌来玩，玩迟了说不走了，我正纳闷，一张床怎么睡，文斌笑呵呵地说，你先睡，我坐坐就行，等我第二天醒来，他仍在临二王法帖，还傻呵呵地说他晚上都不睡。广西朋友们的用功和大负荷的作业量在陈国斌和张羽翔的引导下，几乎成了书法界的“马家军”。

每个艺术家的成长都有自然生长和自觉成长的过程，假如细柳营时期年轻的黄文斌是在老师的引导下自然生长，那么这几年的黄文斌是在自觉成长和自我完善的过程之中。来杭州后的文斌一边教学一边创作，每次见到他都能感到他工作的热情和寻找自己审美切入的不停思考。

2006年10月24日

喧嚣中
寻找呼吸的方式

温州作为改革开放的前沿，经济发达早已有目共睹，而文化昌盛对于温州来说仅仅是一个值得期待的话题。浙南佳山水，元嘉体谢灵运的山水诗成就了永嘉文化的辉煌。近代一百年并不闪耀的温州，我从《天风阁学词日记》等著作中，也感受到民国时温州文人偏隅一方，为文为学，甚至在抗战时期，仍然与海上文坛同命运共呼吸。更何况有迁徙式的文人如朱自清、李叔同等，都曾在这并不发达的瓯江畔，或长期任教，或短期挂单。经济与文化的相互关系在中国一直不是一个肯定的话题。

“同道殊相”展的画家们，大多数是学院出身的青年教师，学院总是在张扬精英理念中存在与生发，并分枝到各地落脚生根，他们的行为处处显示出学院教育所秉承的荣耀，而又因在共同话题和诉说冲动中聚集在一起，形成共同认识的新兴势力。在艺术的各自领域，操持着不同手段，出于对本土艺术的体认，在一体化世界的屏幕上更显突出。他们的努力、他们的坚持、他们的行动，在温州五马街的繁华中，在用最快的手段办理去某国签证的吆喝声中，更能体会到一体化究竟是什么！喧嚣之后还是喧嚣，西学强行东渐百年后的今天，我们发现古今中外的艺术样式在同一时空中、在我们生活的世界里、在我们的眼前并置。于是他们叫出一句让我颇有同感的话："我们是文化'混血'的一代。"

"当我们仰望天空，微风就是东方屋宇下穿过的粉尘。"这是我看丁海涵作品时闪过的感觉，丁海涵借助传统建筑的图像，用油画语言在散点透视的屏条中展开。敞开式的庭院，淡雅的色调，吸引着都市人忙乱而又慌乱的眼神，画面流露出画家对古代文人闲情逸致的渴望。画家企图在东西相向的奔跑中找到一个暂时的落脚点，当上个世纪初勃纳尔在西方起跑时，我们的丁海涵在这个世纪的门槛上选择和逼近。还好文化不像科技，没有过多落后和先进的区别。

罗利龙印象——浙南的风景总是与别处不同，热带季风回荡在摇曳的枝头。绿色——地球上撩人的话题，轻轻地，我能听到笔尖永远的微笑。

马天戈，书画传家300年，沿着这哥们的血液，能叙述出晚清、民国的流光溢彩。文静安宁的眼神里，怎掩盖蓄谋已久的反叛，是不是用反叛中的变化来证明自己的存在？

计王菁，传统山水图式在近20年急进和冒进的探索中解构、重建和回望，人们开始安静起来，而她更是选择了写生这最朴素的绘画手段，去寻找自己未来绘画所向往的位置。

楼晓勉，书法作为传统文化承载的个体，对外来病菌的抵抗能力，远远超出人们在固守家园时那种略带悲观色彩的想象力。当人们的目光触及作品，由于毛笔的移动产生的线条，那种深入人心的感动，不得不让人相信这世界上还有一些东西可以永恒。

王客，拿着毛笔就能讲出毛笔的话，在当今是一种本事。完备的书法教学体系训练下和富有诗意的感悟能力的驱动下，总会讲出撼人的话题。

书法在当代性命题中的语言意识与绘画的语言意识究竟有多少异同，假如简单地参照绘画语言观念，诸如日本的“少字数”，甚至发展到抽象水墨，这种远离本体的变化，虽然可以何乐而不为，我认为是一种不动脑筋的选择。我想强调的是文化自身的独特性，以及审美承载的高度。简单的探索和无知者无畏的冲动，有可能产生与本体无关的新门类，倒是无可无不可。

毛晓刚，抽象水墨作为“八五”新潮时期从传统中国画中派生出来的新族群，在近20年的探索中，已有很大的变化。这种“西为体中为用”的形式，在张扬个性的今天，充分发挥了“拿来主义”的好处，在东方意韵同西方表现的结合中，确能带来不同的视觉感受。

“同道殊相”展的画家们在操持不同话语的同时，有着不同的优势和困惑，共同的是对本土艺术的回望和表达。而在2005年的今天，现实情境中的理想主义者，不管在北京、上海还是成都，企图制造诸如视觉的狂欢之类，仅仅是固守者和坚持者的乌托邦。行为本身能说明一切，作为个体我们出于本真的热爱，我们工作的同时已经享受了绘画的快乐，我们又能聚在一起用展览的方式诉说我们的思想，传达我们的快乐，并在温州点燃文化昌明的梦想，以及承担区域文化的责任。

2005年10月10日兴坞居

邂逅常玉

常玉，对于资讯发达的当今美术界仍然是一个陌生的名字，除了在百年油画展这样的大型活动中偶有显现，也没有引起人们太多的关注，资料的贫乏肯定是主要原因。作为第一代留欧艺术家，在上世纪初那艘驶往巴黎的慢船上有我们很多熟悉的身影：林风眠、徐悲鸿、李金发、梁宗岱、徐志摩、邵洵美等等。正是搭上这艘慢船上的诸子们，在日后的艺术历程中几乎改变了中国几千年艺术的格局。不同的人生选择和不同的生活际遇，使这位当年的才子——后一代留欧学子(诸如赵无极、朱德群等)心目中的传奇，在我们的视线中消失太久。

对常玉的接触是零星和点滴的，正是这零星和点滴的图像资料引起有共同审美取向的油画家高友林先生的注意，我是在与高先生的言谈中，沿着高先生的目光邂逅常玉。

1930年左右常玉在巴黎寓所

常玉，1900年10月14日生于四川顺庆，早年曾随四川名宿赵熙学习书画，家境富裕。1918年到上海，次年去日本投奔经营丝绸买卖的二哥，接触日本新美术，1920年与同学王季冈经蔡元培的介绍，赴沪并决定留学法国。他并不像其他留学生那样投入正规的美术学校，而是进入不受限制的“大茅屋”工作室，与当时留欧同学偶有来往，参加“天狗会”活动。1938年掌管家产的大哥去世，常玉回国奔丧，继承了一大笔遗产，回法后在短时间挥霍。二战后多次出现在巴黎画坛，1948年去纽约寻求发展，热衷于推广一种自己发明的“乒乓网球”。1951年返法，为了谋生，在巴黎一家仿古家具厂做中国式家具的漆雕。1966年8月由于瓦斯未关在巴黎寓所猝然离世。在这传奇浪漫的一生中，他一再表现出对绘画的冷漠，也一再在绘画上显露出他与众不同的才华。常玉与同时代的徐悲鸿、林风眠和稍后的常书鸿、吴作人、吕斯百，无论人生态度、生活方式和艺术取向都大相径庭，他选择了一条远离学院的道

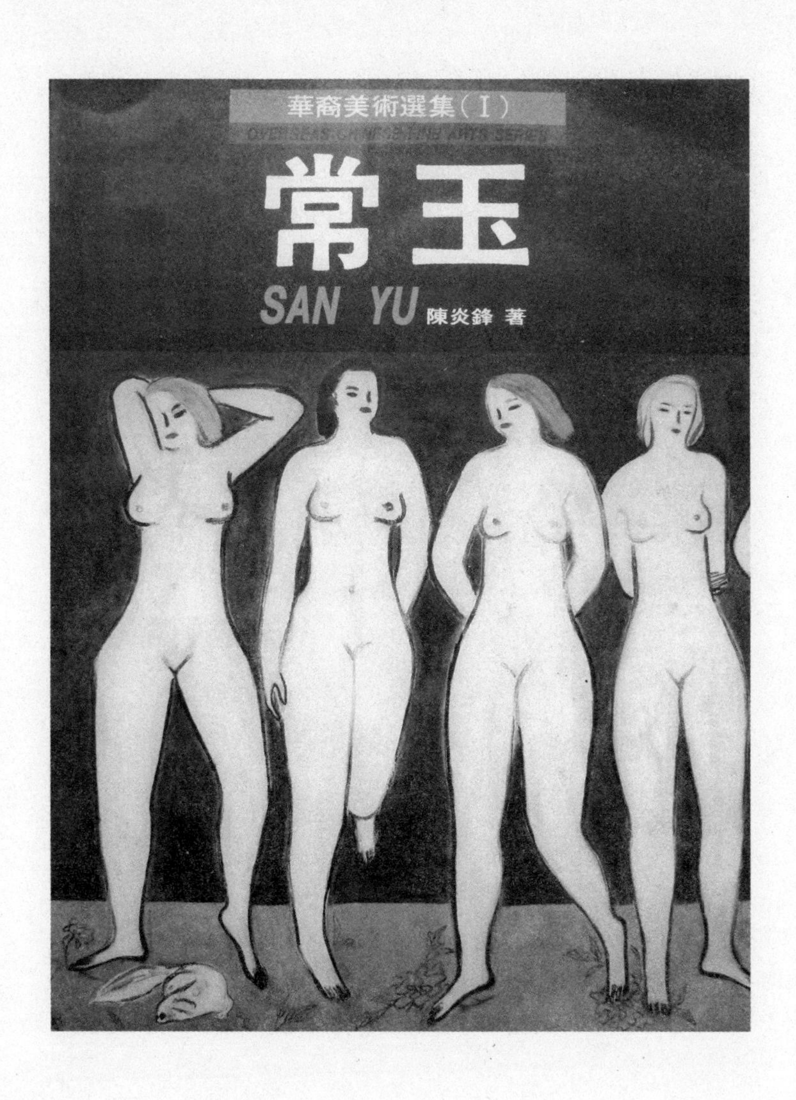

《常玉》陈炎锋著
艺术家出版社1995年出版

路，并影响早逝的张弦和早期的庞薰琹。常玉的艺术表现是从中国文人画出发，以西方的材质表达中国美学的含蓄和空灵，这种独特的高品位表现方式，使他一再入选秋季沙龙和替勒丽沙龙，引起大画商和收藏家的另眼相待。在20世纪前期的法国画坛与主流艺术家同步前行的常玉，并没有因为令徐志摩称羡的生活方式和公子哥习性，给他带来更多期待。反而由于个性上的潇散与随性，使这位二战前后旅法最有成就中国画家之代名词“常玉”二字日渐黯淡。但像常玉这样油画语言在审美高度上的成功探险，应成为当今本土艺术家在语言追寻中的启迪。

最后应感谢北京水天中先生的大作《被遗忘的画家常玉》(《中国书画》第四期)，这篇不长的文字已是近年大陆学者对常玉较为详细的叙述，特别是水先生在文后的资料罗列，使我获得更多资讯以满足阅读常玉的快乐。还应感谢台北的何怀硕先生，在收到他的新作《给未来艺术家》(台北立绪文化事业有限公司2003年版)后一次电话长聊中，鼓励我为自己喜欢的先辈艺术家做些什么，哪怕对他人只言片语的转述，也是我们恢复消逝的记忆的一种尝试。

2003年1月19日 杭州

关于白寿章

阅读是一种偶遇，一种惊喜，更是一种缘分。这时，叙述者可能是一段文字，或者一幅图像，我体会到，阅读常能带来快乐和共鸣，触及内心的波澜，达成一种新的认知。

第一次看到白寿章先生的名字是在河北作家铁凝"美文美画"读本《遥远的完美》(广西美术出版社2003年1月版)中。对于读图者来说，画面是主体，画面传达什么尤为重要，古人所说的"神、妙、能、逸"各有品格，有一定的品格才有一定的阅读价值，才有一定的审美价值。"美文美画"实际提供的是作家的读画经验和审美思绪，作家编织的文字不用说肯定是灵光闪现，但对于画家来说，被人推介是因为作品自身具有被推介与传播的理由。夹杂在这本中西方群星璀璨的图文书中，白寿章的名字引起我的注意，是因为其中幅面不大的插图，还有插图旁娓娓道来的文字。作为河北画家的女儿

白寿章书画选
河北美术出版社
1982年二月第一版

的铁凝，告诉读者近百年间河北最值得记忆的一位画家应该是谁，本身是一种惊喜和奇遇，作家对优秀艺术家的切入总有一些悲情色彩。

“在近代史上，到目前为止，绝对还没有人把白寿章归入‘大牌’画家之列，但在我眼中，白寿章的书法和画作，是绝对高出某些大牌画家的。我常想，是什么原因使这位老先生没能在画坛争得一席之地呢？是机遇，还是画家面对政治的自卑感呢？于是他终生隐没于河北一两个县份，有几分‘自惭形秽’地劳作着，画作也大撒手地流入民间的好友、弟子之手。以至于，当新时期有家出版社出版他的选集时，仅觅得不到30个页码的容量。”

白寿章(1897－1973年)

假如作品没有非比寻常的水准，就不会引出作家如此的感慨，于是我也开始感叹一位作家对绘画的体悟来。在这个读本中，传统中国画家为数不多，南唐顾闳中、宋徽宗赵佶、黄宾虹、作家父亲的朋友周昌谷，再就是作家的乡贤白寿章了。同为绘画阅读者的作家是怎样把名不见经传的白寿章先生带进我们的视野的呢？

“我想自古以来大师级的中国画家对此都曾有过很专业的研究，怎样能让自己的笔墨给观众以亲近。他们没有从一个极端跳到另一个极端去争执中国画笔墨的价值，他们研究的笔墨怎样才能稳妥而又有别于他人地去表达自己的有感而发，于是一个个大师才能如耀眼的明星诞生出来。”

作家描述的文字直接逼近绘画深层次的体认，使我们找到了作家如此自信的理由。正是这样一册24开本图文书，两帧不大的插图和作家几百个汉字，让一位过世30多年的北方画家的名字摇曳在一位生活在南方的年轻画家的脑海里。一直热衷逛旧书摊的我，在散乱的杂志、字帖中发现这册让铁凝女士感叹的《白寿章书画选》(河北美术出版社1982年11月版，印数1.1万册)，才进一步认同作家那几段文字，并展开自己的思绪。

白寿章(1897年～1973年)名锡庚，又字寿禅，河北省南和县人。幼时在家庭的熏陶和影响下，醉心于临习柳颜碑帖，摹写《芥子园画传》。1918年高中毕业，入保定国立高等师范学校美术专科，专攻中国绘画，后任县师范、省第四师范、省大名师范美术教师。“七七”事变爆发后，隐居家乡。1945年参加北方大学的筹建工作，后于南宫中学、邢台师范任教，直至逝世，享年77岁。

《白寿章书画选》(王雪涛题签)，卷后有《白寿章书画浅识》短文，署名田辛甫、韩羽，作于1982年7月，短文写得一般，应不是韩羽的手笔，韩羽先生行文奇谲无比，是当代画坛难得的老头。从白寿章先生书画题识上看，田辛甫先生执弟子礼，应是白寿章先生的学生。

2004年6月杭州

行记与访谈④

歙州访友

癸未仲秋乘学校安排带学生下乡之机，顺道走访了古徽州府第歙县，这是个久远的信息依然能够在古老的遗存中继续蔓延的小镇。现代的喧嚣和市贸的熙攘都掩盖不了侵蚀在这白墙黑瓦间明清之际的沉淀，它是一个让我感觉安静的地方。

已经不止一次来到这个小镇了，斗山街闻名遐迩，鱼梁坝也因在张艺谋的电影中惊鸿乍现，引得人们在此环顾。但常让我留恋的是与小镇隔溪相望的披云峰，一听峰名让人神往。披云峰其实是一个不高的山坡，马尾松间拾阶而上，坡顶有后人重修的小亭曰“披云”，不知道是峰以亭名还是亭以峰名。并不是每次登高都有豁然开朗心旷神怡的感觉，但都能享受到拾阶的快乐。坡阳有近人新安派名家汪采白墓，如果留意还会看到好多歙籍先贤置地于此；坡阴更为茂密的植被中长眠着梅花古衲渐江，更让我深感高山仰止。实际上无需太多诱人的美景，只此“渐江墓”三字，已可让太多人不顾长途劳顿在此下车驻足，更何况山麓塔影依旧，古衲生前修持的五明寺梵音又起。在深沉的秋意中伴随古徽州的暮色，听好友黎健先生道古论今，恍惚让我进入只有文字中才能觅得的幽境。天色近晚，鱼梁古道崖壁上渐江的学长孙子贞手书“一带云根”且等明天去看了。

有清一代新安画派的辉煌，在小镇仍然依稀可见，家家户户的书画陈设，时至快节奏的今日能有如此气氛确也是海内少有。早在五六年前夕木兄就介绍缮方草堂黎健先生和斗山街姚彬先生是歙中不错角色，黎健先生由于近年的交往已成好友，姚彬先生曾在丁丑正月拜访不遇，至今未曾谋面。于是对黎健先生说晚上去看看姚彬老师吧。就这样，在黎健和叶伟铎二位的引领下，在斗山街的巷尾敲响了姚先生的家门。敲了好一会儿，只见姚老师半穿睡衣来开门。“姚老师睡了吧？不好意思！不好意思！”我说。

“请进！请进！朋友们刚散去，躺着看会儿书，没睡，没睡。”姚彬说。这是一个三层楼的小院，正门堂前挂着先生几年前的字画。不知道是否见我目光所及，姚先生客气地说：“这几年多不太写字画画了，这里成了票友聚会的场所，好玩啊！”

他走进走出，边煮水边与我们寒暄。言谈中眉宇之间略带狷介不羁，仍不失待人接物的善意。

待水沸茶上后话匣也打开了，性情地聊着票友们留下的一把把二胡，谈论着胡琴的好歹，仿佛它们都是灵魂的活体。“琴是靠人拉出来的，再好的琴如果不拉它，都会失去精神。一把并不怎样的琴，如果碰到好手也会拉出光彩来。”感觉得到姚先生是一位深得个中趣味的人，很入迷，很充实，也很高级。

姚彬先生语琴谈艺入境如此，让人生慕。从斗山街出来，夜也深了。

2003年11月13日杭州

印证自然
九五西藏之行

为生存下去我必须握紧手里的笔，不会因为活得很艰难就丢弃了信仰，我要守住一种源于清洁的精神。——张承志

印证自然，确实，我只是带着属于自己的那份心情，到自然中去寻找印证。在我的思想中有些波澜的语汇忽然显得那么的遥远，总是在无所谓的外表中略带着一些忧愁，心情开始平淡起来，是这样的。有时我甚至不知道在这个年纪我应该想些什么。面对未来，人们总是那样的充满希望，而对于自然我又能说些什么，我只有带着属于自己的那份心情，默默地去寻找一些令人展望的丝丝痕迹，哪怕只是一个梦想。

我就这样开始了我的行程。

1995年8月4日　晴　（火车上的激情）

张承志先生：

当我阅读完《放浪于幻路》和《语言憧憬》后，我显得多么渴望看到您的绘画：《黄泥的小屋》《光复洪乐府礼拜寺》及《雪树》《雨的路》《夜草原》等。

我作为学院氛围中的莘莘学子，深感那些绘画所谓的专业倾向，有时是那么的远离艺术。于是我开始了我的阅读，感到文字的纯粹，在我的旅途中我带上了您的《荒芜英雄路》、海子的长诗《土地》、骆一禾《世界的血》，我会重复地诵读，直至走进一片属于自己的土地。

我喜欢你杜撰的绘画学术，我将把它推介给我喜欢的人们，会同一起进入我的阅读。

不知是否是当代中国绘画的悲哀，还是不幸。在不停地重复各种主义的同时，忘却了自己的存在，人们在谈论凡·高的同时创作不堪的作品。

这使我更渴望看到您的作品。

我始终坚信画种本身如同文字一样的洁净。

（1995年8月4日晨，上海——南宁的火车上，车至江西境内）

从顾城的《梦痕》到海子《七月不远》的阅读过程，使我走出难理的心境，我带上《心之孤本》爬上了南下的列车，我带着的是一种幸福。

（8月4日下午车至湖南境内）

1995年8月5日　雨后

车窗外，又见桂林。

1995年8月6日　南宁　雨

真是高兴，又见到了我喜爱的朋友潘、志安、莫大，听他们畅谈是我的一种享受。

下午一点起床，斜风细雨，凉飕飕的，于是夏天的南宁又在我身上埋下秋天的心情。

1995年8月8日　南宁　晴　没有阳光

孤坐时又出现莫名的无聊，每次这样，我就想出发……我渴望一种灵魂的皈依，于是我选择了西藏，传说那是一片圣洁的土地。

起床前的阅读中，我看到了一个关于文化“游牧主义”的词条，无意中为我无依的思想找到了善意的理由。

1995年8月14日　成都　晴

拉萨，拉萨，是我开启你的门。

1995年8月17日　贡嘎　晴

早晨6：50在成都双流起飞，9时左右顺利降落在贡嘎机场，在停机坪上我伸手就触摸到西藏的阳光，西藏耀眼的阳光。

我相信我来到了拉萨。

1995年8月19日　拉萨　晴

大昭寺，八角街，满眼形象，使我难以绘画。我拿着速写本不能自已，蹲在人群中静静地体会。朝圣者五体投地，成群结队的喇嘛，剽悍的牧民，我好似进入宽阔的银幕，掩饰不住那份激动。

我体会不到自己的存在，不用说去思考怎么表现。这才是真正的拉萨；阳光下的布达拉未免有符号的嫌疑，看着窗口远处的布达拉，怎么想，都像挂着的一幅年画。

我想，我是没有进入。

1995年8月24日　拉萨　晴

信仰是个奇怪的东西，有些像植物，自己生长着：

在这片圣洁的土地上

我希望在你幸福的翅膀下重新长大

1995年8月25日　拉萨　晴

在大昭寺门口巧遇伊沙和索菲，而后谈论着各种关于西藏的话题，走在布达拉四周的街道上。

对于西藏，我仍然一无所知，我只感知到一种宗教的力量，想起张承志先生关于宗教的陈述。

“……宗教可能是一种传统的习惯，而在中国，敢于宣布并守卫自己的宗教信仰是人性和人道的标志，是心灵敢于自由的宣言。”

我应该再看看那篇文章。

我朦胧中有一个“藏语中国”的概念。我不知道，但确实有很多的不同，这种文化上的表现，不知为什么，或许是宗教，或许是特殊的地理环境，或许是……不知穆斯林地区怎么样。

是吗？我不知道。我不可能了解很多，我只想在努力的学习中寻求一种自身的切入。在我的内心深处艺术和宗教是那么的接近，而现实中我只能看到远不可及处神灵的光芒。我得用心寻找自己的纯正，努力接近心灵深处的神。

我是多么羡慕宗教徒的虔诚。

1995年8月28日　藏北草原

前往纳木错，我们的越野车过了雪线，沿途风雪夹带着冰雹，气候极其恶劣。云雾中连绵的雪峰，虽然缺氧，我仍然很兴奋。我想说我见到了雪山，我就走在雪山上。过了山口，神秘的纳木错遥遥在望，难以接近。

在念青唐古拉山口我捡起一块石头，于是写下：

五千米以上的石头

我在体会你的温度

冰冷　或者炙热

1995年8月31日　拉萨　晴

我枕在梦的芒上等待呼吸你幸福的声音。

1995年9月1日　拉萨　晴

仍然在寻找一种绘画的感觉，在表现过程中去不停地体会：

你就迟疑片刻

我已在石头上栽满雪莲

你的微笑会永远漂浮在我灵魂的风中

有时我会听到一种神的声音：

羊群中　生命和死亡宁静的声音

我在倾听

——海 子

1995年9月2日　拉萨　晴

体验一切，体验伸手可触的蓝天，体验神秘的宗教，体验酥油味、糌粑、醇正的奶茶。是的，这片土地上一切都显得那么纯正，喇嘛庙中壁画的颜色，红是那么的稳，蓝是那么的纯，黄是土地的黄。而高原草原上说来就来的滂沱大雨，说去就去了，留下如洗的天空，都是那么的直接。

我崇尚这种纯正和直接。

很难，不可能进入，只有努力接近。

酥油味有时也会变得很亲切，真令人高兴。好像我真的回到了拉萨。

1995年9月3日　拉萨　晴

沿着雅鲁藏布江继续西行

在雪山和乱石之间寻找

你　和诗歌

1995年9月4日　日喀则　晴

抵达日喀则，这座后藏的首府充斥着对文明的误解，我不想久留。

1995年9月5日　江孜

有时我的思想像山尖古堡中飘忽的幽灵，思想着前生，思想着来世，而把今生摆布在无奈的风中。

在来江孜的路上，看着沿途宗教的痕迹，牛羊、古堡，我就这样不停地想着，灵魂在缥缈中寻找着落。而藏传佛教中的生死轮回为人们解决了今生的无奈。

而我自己怎么办，在关注人的同时去思考自己的存在，只平添几分困惑。

1995年9月7日　江孜　晴

高原上那爱与善的小丛林

我从古老城垣上滑过

落在属于南方的村庄

我在戈壁边缘写下：善良 转身就走

回到属于你的村庄

你正襟危坐

雪地里的故事和南方的惆怅

蔓延开来

1995年9月10日　从日喀则回拉萨

昨天写下“缄默”几句，在从日喀则回拉萨的路上，我一直想着“凄迷”这个词语，真美。沿途，疾流不息的雅鲁藏布江，逐渐沙漠化的戈壁，以及天边的雪山，脑中闪现了海子关于秋天的诗歌：“秋天深了，神的家中鹰在集合，神的故乡鹰在言语”，有几分悲情，人很伤感。又想起阎振中先生关于“天葬”的文章《光荣，随鹰背苍茫而去》，于是写下关于凄迷的几句，想能感到戈壁的凄凉和雨季的迷人，真美。

你知道吗?

神的家中鹰在集合

于是我流下了眼泪

成为戈壁最后的雨季

1995年9月11日　拉萨　晴

在拉萨城寻找藏学资料，去了社科院、出版社诸家。

买了一堆书后，从今天开始除了一张返程机票以外我身无分文。

1995年9月15日　拉萨　晴　成都　阴

回到了成都，真快。从贡嘎起飞到双流1小时50分钟。人，整个地从一个时代滑到另一个时代，虽然在拉萨就有点想回沿海，但真一离开她，却有一种失落的感觉，真是有某种奇异的东西在作怪。

我的思想在自然中得到莫名的印证，有时我可以不相信自己，但我不能不相信我直面的西藏，是西藏又一次让我更坚信绘画的精神性及其自身的品格力量。高原总有一种力量使我漂浮不定的思想凝固起来，沉甸甸的有时像砣。

放浪的形影回到自己的居所，见到了始终坚守着那片清洁精神的师长，这时我并不孤独。

1995年10月23日

乙酉暑游纪行

2005年暑期，借带学生毕业考察之机，又作西北之行。

2005年8月6日

碑林还是原先的模样，每个陈列厅之间总长着三五棵植物，有柏树、石榴、飘着槐花的槐树、花红(一种长着小小果子的灌木丛)，侧室陈列着墓志，屋檐上不时会飞落几只鸽子，在熙攘的游人中，你还是能听到鸽翅扑动的声音。同昨晚与西安印人魏杰聊的一样，每次来西安，碑林总是要进去看看，其实也不是看得太懂，只是带着一种亲近的心情，看了才不会有什么遗憾，像我这样专业人士的状况与普通游客并没有什么不同。

我很喜欢石刻艺术馆门口空地上的拴马桩群。记得1995年与庆荣、吴高岚、文雯等同学来碑林时，曾在此留影，瘦瘦的我立在拴马石中，与拴马桩没什么两样。石刻艺术馆的廊道陈列长安名人书画展，密密麻麻的镜框，俗不可耐的旅游书画，衬托成拴马石的背景，古拙朴茂与艳丽庸俗并置，让人觉得有点可惜。其中人形拴马石，大多形制谐趣，想象古代渭北的旅人奔波劳累一天，在暮色中拴马进客栈，无意中看一眼柱石上的雕塑，这种民间艺人创造的形象，总是反映生活中快乐的一面，给生活忙碌奔波的人们带来无限的慰藉。

又浏览了一遍碑林中的陈列后，在孝经亭之间的槐花树下小坐，地上撒满星星点点的槐花瓣，蝉声中，身旁虽有人不时走过，在宽阔的庭院中也不失几分清静。

2005年8月7日

看陕西历史博物馆，这次参观不像看普及本历史教科书那样匆匆浏览一遍，而是逮自己有兴趣的器物揣摩，特别是汉唐陶俑的外形和人物的神情。封建社会早期文物，一些动物的造型也很绝，写实精致，如一只铜刺猬，密密麻麻的刺，蜷缩在一只小铜墩上，甚是可爱。陶制品以概括写意居多，五官头形，外形和衣纹，都简化到不能简化为止。胡俑更是脸部表情夸张。这次西安之行注意到古代中国人朴素的情感(特别是谐趣)，蕴涵在日常生活中，在平民生活器皿中有更多的表现。

看完陕博的陈列后，发现二玄社的复制品正在博物馆的东侧厅展出。二玄社复制台北故宫博物院藏画精美绝伦，号称下真迹一等，碰到不可不看。在李唐的《茂林远岫图》上抄录一段倪瓒的题跋："李营丘平生自贵重其画，不肯轻与人作，故人间罕得，米南宫至欲无李论，盖以多不见真者也。此卷林木苍古，山石浑然，径岸萦回，自然趣多，类荆浩晚年合作。至正乙巳六月二十日吴城卢氏楼延陵倪瓒。"(无印)起首有一方朱文"子"字。有收藏印"笔端造化"(白文)。观许道宁《渔舟唱晚》、李唐《江山小景》等。

2005年8月8日

咸阳是渭河边的一座城市，渭河沿着咸阳城南流过，但这流淌了几千年的河流，已经倦怠得悄无声息。只见塞满泥沙的河床，零零落落的水滩，断断续续的杂草，横亘在渭河上的公路桥和沿河的集镇，已经看不出昔日的模样。走过老城区后涌现出现代都市的繁忙。

茂陵边的霍去病墓应该名不虚传。中午我在饭店稍作休息后，打车直奔茂陵。茂陵在咸阳西北向，出租车30元的路程。

霍去病墓与我1995年毕业考察时没什么两样，我暗自庆幸，历史遗存的保护和开发在中国有太多失败的例子，穷怕了的中国人在改革开放之初发现旅游也能挣钱，一味地发展与开发，那种人为的破坏让人感到"变化"这个词的可怕。古朴大方的茂陵博物馆门口站立着供人合影的古装人物，半真半假活生生地晾在那边，晃荡在并没有太多游客的陵园门口，仿佛显得有点无聊。

走进陵园，一侧陈列着举世闻名并赢得诸大家厚爱的汉代石刻，廊道幽静修长。四下翠柏，绿油油的直逼上陵顶，在夏日的急雨之后更显得郁郁葱葱。廊道边匍匐在地上的爬山虎，不知是哪来的生机，狠命地冲上过道，只给你留下踩脚的空隙。蝉声伴随一些小鸟的鸣叫声从雨后茂陵的烟岚中飘近。还有清风，在无人的庭院中我能亲切地感觉到它怎样吹拂过手臂而向前滑过。陈列石刻的廊道夹在霍去病墓和卫青墓之间，虽不时有几群游人簇拥着导游走过，在古朴的环境中也能很快就安宁下来。霍去病墓石刻中"人与熊"是一件叙事性较强富有浪漫色彩的作品，夸张变化的熊头尤为硕大，身体又缩小得同人身差不多大小，线刻与浅浮雕相结合，难怪两个游客在仔细分辨之后，哈哈大笑："这不是以大欺小么？"我正准备从陵园的后侧爬上陵顶看看四周的景色，后侧柏灵庙的工作人员告诉我，陵园的东侧也有陈列石刻的廊道。我匆匆绕过去一看，觉得颇有收获。1995年暑期来看时，带着读书时的冲动，一激动与老汤他们满足地只看了西侧。东侧虽大多有残缺，但也不失精彩。廊道古旧，支撑着许多木柱，仿佛多年失修似的，沿木柱围绕着安全警示绳，更让人有过危房的感觉。当我看到那只睡眼惺忪憨态可掬的小卧象时，还是钻进警示线勾画起来。

霍去病墓虽非汉制，历经几代重修留存至今，尚能基本保存古朴大方的气息实属不易。墓前两侧青砖和青龙白虎护栏在翠柏中掩映，墓顶有一亭可供游人鸟瞰五陵原。亭柱上挂有陕西师大霍松林撰并书的楹联：“转战西陲辟丝路，永留高冢象祁连”。西望茂陵苍茫一片，东看汉陵此起彼伏，逶迤在渭北平原的边缘。走在上墓顶的坡道才发现，翠柏下更为墨绿的是迎春花的藤蔓。一位善意的导游介绍道，石刻原来摆放在墓顶，汉武帝在为自己的爱将建造陵墓时，用这石刻在墓陵上彰示其显赫的战功以及血战匈奴的艰辛。暮色中我开始想念起这位上千年前的陵园设计者来。

墓碑上刻有：“兵部侍郎陕西巡抚兼都察院右副都御史毕沅书，汉骠骑将军大司马冠军侯霍去病墓。大清乾隆岁次丙申孟秋知兴平县事顾声雷立石。”

2005年8月9日

咸阳博物馆是一座古朴干净的藏馆，虽然有些陈旧，但布置有绪，陈列文物大多出土咸阳附近，以秦汉时代的陶俑、陶器皿、砖制品居多。馆藏布置专题性强，不以时代为序排列。藏馆的建筑如清末民国时的会馆或者像大户人家的宅院及文庙的组合，错落有致。碑廊在拐角处，镶嵌着碑石34件，占馆藏北周至清末大多数，十多块唐墓碑的额尤为精彩绝伦，篆字结体轻松随意，组合超乎想象。进大门的门厅正在整修，看情形是修旧如旧，让人心畅。进门的正道两旁，龙爪柳和拴马桩错落摆放。

峄山石刻，宋代摹刻(？)碑藏咸阳博物馆，除中间我们在碑帖中看到的断裂外保存完好，线条玉箸状，勒口干净无破损。

咸阳至宝鸡高速，汽车开开停停，沿途上下客繁忙，一点也没有高速的优势。这一带地势平缓，整片整片的玉米地，延伸到地平线以外。从车窗向两侧远望，在接近天际的大地边缘上有一层薄雾，淡淡的有些许缥缈。

到宝鸡安排好住宿后直奔宝鸡青铜博物馆。看到一副左宗棠的对联："江上青山如削铁，水中明月卧浮图。"（光绪五年夏四月）

2005年8月21日

从火车站到嘉峪关关城有四五公里。城墙上西望茫茫戈壁，游客们欢快地骑着骆驼，感受着并不远的远足。在城楼找一静处傻坐，确能感受到雄关的朴拙大气。这座明代洪武年修筑的关城灰茫茫的，形制平正大方，确有想象中的汉唐气象。

在关城上抄得两副对子：

百营杀气风云阵，九地藏机虎豹韬。

——游击将军府前厅

不悲镜里容颜瘦，且喜心头疆域宽。

——游击将军府后院

长城博物馆抄得一副对子：

桐荫睡鹤观调息，雪夜图蕉得画禅。道光二十二年林则徐。

2005年8月22日

初到敦煌不知道月牙泉、莫高窟千佛洞、西千佛洞、东千佛洞的方位。吃完早点后也不急着去看景点，在附近找了一家书店买了一张敦煌地图，回房间研究了一把，才弄清楚东南西北。原来月牙泉与莫高窟不在一块，与想象中的情形还是有点不一样。

下午朋友王峰用他的车，在戈壁上跑了25公里，到敦煌城东的西千佛洞。

当拐进一竖有“西千佛洞”的路口时，车子只是在戈壁的沙石路上行驶，远处一片树梢，绿色之后又是成片的沙石山丘。西北的能见度已无法让我目测距离，看是眼前的东西，车行总要好一会儿。

西千佛洞也挖凿在河谷的崖壁上，看河谷的宽度，遥远的古代应是一条不小的河道，现在只能在河谷中间流成时断时有点水迹的小溪。西千佛洞文物管理所属敦煌艺术研究院，文管所在崖壁下绿色掩映中，有果树、向日葵，冬天种蔬菜的暖房，冲天的杨树，茂密的杂草，整个长二百米的环境，被文管所的员工打理得像一农庄。

这里游客稀少，环境安静，管理所在有人来时，才派一值班的员工提着一大串钥匙陪游客打开几个有代表性的洞窟看一看。石窟面东，我们下午到时光线已不佳，只是借助值班人员的手电，仔细看了看。对于只是在画册上揣摩过壁画的我来说，这特定的环境里看原作，还是有些欣喜和激动。

在敦煌研究院工作近20年的王峰兄为我做了颇为专业的介绍，在北魏、北周时期的洞窟确没有盛唐时期来得精致华丽，画工的随意性，和历代的修补和剥落，反而让现在的我看得很入迷。

在研究院编号06窟，看到民国时期张大千的题记："第五窟，壬午十一月二十七日蜀人张大千再度来。"让我好生激动，其他窟虽也有他的编号，但不像这北魏洞窟那样，落下了名款。张大千那种李瑞清鬻书时期的一波三折，干瘦干瘦的在这里反而很亲切。

看了十来个窟后，我们在河道四周转了转，返回敦煌市，想借助黄昏的日落去爬鸣沙山看月牙泉。

2005年8月28日

和大多数书画爱好者一样，我以朝圣的心情来到敦煌，又以普通得不能再普通的游客的心情和水准匆匆看了莫高窟。还是住一夜吧，明天或许会好一点。

西部的太阳落得特别迟，我在游人陆续离开之后，在莫高窟的河谷里闲逛。本想走过洞窟大门前，再往对岸错落着白塔的山坡上走走，正在换班的保安，告诉我里面不让走了。我只得往敦煌研究院后面的山坡上爬去，沙砾的山坡安息着前几代敦煌人，大概就是三桅山吧。记得在有关常书鸿的书籍中，谈常先生逝世后也葬在三桅山，注视着莫高窟，看着自己未竟的事业。没走几步看到一个较大的墓，还有几步墓道，墓道上被风吹倒的花圈，走近一看就是常书鸿先生的墓，墓道上已填满风沙。天开始快速暗下，第一次一个人在墓地上转悠，虽然很萧瑟，但并不是太害怕。趁天没有全黑，我信步往山下走，在敦煌研究院宿舍的后墙外找出路。说是后墙，其实是较为茂密的灌木种植起的篱笆，我找到一个并不太密，能够插进一脚的树丛缝隙，踩进院内，听到宿舍楼的凉台飘落下一个小姑娘练习的小提琴声，忽然徒生悲切之情，唉！

2006年3月24日整理完稿于兴坞居

一座被浪花围困
小镇之上的絮语与倾听

泉子：我们拥有一个共同的故乡，“一座被浪花围困的小镇”(高士明语)。这片共同的故土给予了我们相同的朴实、真诚的品性。但我们对这片孕育了我们的土地，我们生命最初的记忆可能并不相同。我们家乡的距离可能不只是地理上的50公里，而是城乡之间的，一个城市孩子与农村孩子的两种不同的视角。这来自两个孩子的两种不同的视角，可能最终生成了两种看待世界的不同的方式。请谈谈你的童年，以及对这片我们共同故园的记忆。

王犁：哈哈！我是一个特别愿意聊成长经验的人。现在的县城千岛湖镇就是原来的排岭镇，“排岭”不说它是地名就是一个非常有气魄的词语，意象中崇山峻岭、排山倒海，那气势是与浙西的山脉相称的。我大学的同学高士明因为方向的诗歌，到过一次千岛湖，写下献给方向的长诗，其中有一句“一座被浪花围困的小镇”，我觉得特别形象，把我对这小镇的感觉都述说出来了。我的童年生长在千岛湖畔农村的外婆家，当时叫新安江水库，小学三年级转学到县城。母亲是个裁缝，小学四年的上学经历，在我童年的记忆中，她常年挑着她的缝纫机四处给人做衣服，直到大年三十的晚上才能回家，还要熬夜给我和姐姐赶制第二天醒来大年初一穿的衣服，在我老家农村一年下来再脏再破，初一还是要穿新衣服的。父亲是搞林业的，大学毕业后先是在林场工作，后来到县城工作，也每每到过年才回家，好不容易团聚，看母亲还忙这忙那的，总会抱怨“唉！你是何苦呢！”外婆是一位能干的农村妇女，常年护着我，给我童年留下幸福而美好的记忆。外婆家农村的农户撒落在湖边的山坡上，村边还有一个林场，从林场的知青那儿知道城市里还有“电视机”这种东西，就是你想看什么一摁按钮就放出什么来，盒子装的什么都有，我高兴地幻想我要有电视机我就天天看《孙悟空大闹天宫》！我至今还能感觉到这种对未来憧憬的幸福感。还有是“红小兵”，我一上小学“红小兵”改成了“少先队员”，让我着实伤心了好久。总觉得“少先队员”没有“红小兵”光荣。我少年的大部分时间和青年的一部分时间在县城度过的，那种成长的记忆使我现在睡梦中的人和事仍然活动在那时的环境里。在我上小学四年级到初中的这个阶段，我父亲身体不是太好，经常住医院，不太管我，但我喜欢什么，他大多会支持。假期会安排我和姐姐去南京他的老师家过暑假，几次南京之行对我的成长影响很大。我的性格应该受母亲影响较大，偏外向。记得初中的那几年，文化成绩极其不好，父亲说什么我内心就反对什么，现在想起来也挺有意思。35岁以后，也就是近几年反而发觉自己对事物的判断越来越像父亲，人没法没有宿命的感觉。随便聊一点记忆的碎片真是享受，我们拥有一个共同的故乡，我也以家乡能出像方向、肖遥(王良贵)和你这样优秀的诗人而感到骄傲！我也知道像你这样通过自己的努力考学走出来的不容易，当走出来以后我们就一样要独立面对社会、面对生活、面对自己喜欢的追求。我一直感到庆幸的是我从事的职业就是我喜欢的专业，这已经应该感谢上苍的厚爱。

我也很想听听你对我们共同的家乡的印象和在内心深处的感受。

泉子：童年于我就像是一个核或者是一枚种子。它储藏着我一生的秘密。我感激命运与我的父母带给我的一个近乎完美的童年。那是置身于中国乡村背景中的，作为辽阔与自由的代名词。我想我今天的写作正是我重回人生这最初阶段的努力。我还要感谢我的亡兄，这个以他的疾病与死亡换得我的生命的人，他与我一同见证与描绘了另一个童年。他并没有死去，他依然在我的身体中，或者说，我们在同一个身体中延续着那共同的生命。这另一个童年依然是命运的馈赠，正是在对疾病与死亡的逼视中，它为我揭开了那通往生命本质的道路。

王犁：深有体会的我知道农村孩子的不容易，但没想到你有这样的经历。我们的老家属于浙江西部的山村，淳安整个县大部分面积是新安江水库的库区，剩下的全部是山地，农民缺少更多养活自己的土地，从中国的大范围来说，仍然属于沿海，实际情况并不比内地富裕，像中国大部分农民一样不容易。作为千岛湖风景旅游开发，增加了该地区的知名度，但并没有给农民带来太多的好处，近几年杭千高速的开通，我想会给农村带来一些实实在在的好处。

不管我们的经历怎样，每一个有一定认识的人都会感谢它的馈赠，更何况令人羡慕的乡村童年，不管它的记忆是怎样的不同，都是命运的馈赠。

在老家童年生活过的老屋的门板上，火塘边的墙上，现在还留着我涂涂画画的痕迹，虽然每个孩童都有涂鸦的经历，这种从小的爱好应该是我接近绘画的开始，当然也要感谢父亲的支持和鼓励。

我在阅读你的诗集《与一只鸟分享的时辰》时，读到《风铃》“——虽然他知道，那无数人的无知正是他的无知，那无数人的罪正是他的罪——”时，我激动得很，仿佛它是写给我的。你诗歌中常常流露出的神性，使我有兴趣了解一个农村成长的孩子，在怎样的启示中接近诗歌，并抵达或者努力接近语言的本质，我想听听具体的经历或者是经验。

泉子：在我整个童年时代，我都生长在由湖水和群山限定的方圆几十里的狭长地带，并由它见证我那些最初也最缓慢的岁月。

我出生并完整地保存有我的童年与少年记忆的小镇叫梓桐。“一拳打到梓桐园，一戳戳到梓桐壳。”这是这里的孩子们游戏的语言。我想这里称为梓桐园更为贴切些。在另一种尺度上，这块被山与水设定的区域更像一个园，花园或者果园，或者说是家园。“梓桐壳”也是合适的，山的壳与水的壳，坚硬的壳与柔软的壳。这里有着与山外与水外不同的气候，这里有着与山外与水外不同的方言，这里有着与山外与水外不同的节奏与速度。那种生命的节奏与速度，更像一种遗传的密码，植入了每一个降生在这里的人的身体中。节奏与速度是潜伏的，只有当一个人背井离乡，在异乡的土地上，在另一种节奏中，身体内部的那种节奏，那种连接到生命最初的节奏才会呈现出来。它永远不再消失，除了遗忘。是的，除了遗忘，你只有去寻找，直到找到一种与体内的节奏相应和的节奏，去唤起，去应和。

当提到我的童年与少年就不能不提到家兄，因为在我之前，我的父母已经有一双儿女，这几乎是他们想象中最美妙的家庭组合。直到家兄2岁那样，得了一场重病，他最终从死亡的漩涡中挣脱出来。医生以一种异常平静的语速把这个消息告诉绝望中的母亲：再要一个孩子吧，这次他虽然活下来了，但死亡终将以一种新的形式再次找到他。

家兄得的是乙型脑炎，在那个年代，在一间破败的乡间诊所存活下来本身就是一个奇迹。“再要一个孩子吧”，在我

王犁 · 邢弄祠堂
纸本铅笔 · 23.5cm × 35cm
2006

的记忆中，那句出自乡村医生之口的建议成为一种被预知了的宿命。第二年一个相似的冬天，一个相似的薄暮时分，天空中飘落着属于那个乡村的第一场雪。我相信第一个映入我的眼睛的正是那尸布一样惨白的雪地，或者是一年前那块在我的生命之前铺展开来的手术台布。疾病与死亡的阴影从此一直没有离开过他。

家兄死在他25岁那年。一个薄暮时分，他一个人在离家一里外的岩石上钓鱼，鱼同时也在钓他。在事后众说纷纭的猜测中，有人说是癫痫突然间的发作，使他从高高的岩石上坠入了水中；有人说是雨后的青苔最终导致他在与鱼的角力中败下阵来。在出事的第二天，我从杭州赶回家。家兄躺在一个临时赶制的棺木中，他的脸色惨白，却安详，没有一丝挣扎后的痕迹。只有他额角的一个凹坑显得有些刺目。我到家半小时后，与他一同长大的几个伙伴们把他抬到家后面的山坡上。

所以，我经常在想，那些经由我的手写下的分行的文字其作者并非是我一个人，而是我与亡兄共同写下的；此刻我对宇宙的眺望也并不是我一个人的眼睛，而是我与亡兄共同的守望。

我愿意这样来理解，所有的艺术、科学、宗教都是因为意识到生命的不完善与不圆满，是我们试图通过对真理的探索，以抵达那圆满与完善之境。

我们还是回到你的绘画吧。你多次谈到你的"不自信"，同时，我从你的画面中看到了一种坚定、简洁的笔触。这样的笔触显然根植于一种强大的信心，你如何看待这两种信息之间的矛盾？

王犁：随着年龄的增长，我越来越开始体验表面之后的东西，越来越注意自己内心深处的感觉，也开始敢于把这种感觉表达出来与朋友们共享。我时常会在茫然中想到自然的广博和时间的永恒，作为个体的渺小和脆弱，时常有孤立无援的恐慌，时常觉得自己的贫乏，谦卑和敬畏越来越伴随着自己的认识。你在我画面感觉到的坚定和简洁，是我内心的感悟与体验在画面中自然而然的呈现，在绘画的进行过程中我也有得意的灵光，特别在快完成而没有画过的那一刻，到画完的时候反而并不是最满意的时候，假如隔一段时间看更是大部分想撕毁或者重画。我画画成功率不高，我很佩服那些一画就能把画画好的人。

泉子：传统的笔墨可能更多地着意对意境的渲染以及对隐逸生活的向往，在地球缩小成一个村庄的今天，我们如同在显微镜下生活，隐逸的理想越来越成为一个难题，我注意到你的笔墨中叙事与说理的元素在增强,这是对时代的变迁的一种回应吗？艺术与我们置身的生活处于怎样的关系？

王犁：传统笔墨是一种审美的选择，对意境的渲染以及对隐逸生活的向往是审美选择后的理想，不同的理解有不同的阐述。是不是能达到又是另一回事，而现在充斥的伪传统也可怕。我们不妨放下太高的架子，少喊点口号，安静地画点自己真正想画的画，会更加接近画家现在的现实，会更切合实际。现在社会发展得很快，但大部分人的内心变化很慢，我们更多的是享受了全球化带来的某些技术产物，让我们怎样踏上全球化的节奏，我看还需要更多的时间准备，然后健康地对待科技带来的社会发展。“隐逸”在现在只能是存储在心灵深处的理想，在古代又何尝不是呢？只不过古代部分高层次的知识分子诉诸文字，冠冕堂皇地宣布它的发生而已，当然也为我们增添了很多文学想象。作为中国画家来说笔墨和画面的意境是相互的，它们会共同生长。按理来说绘画不应该承载叙事和说理的因素，但创作完，假如有叙事性和说理性的发生，倒也未尝不可。绘画更多是形式营造的意境，应该更情绪化一些。假如要叙事，不如选择文字写小说，选择胶片拍电影。每一个优秀画家的作品都是他认识的反映，这种认识与他的生活有关，也与他所处的时代有关。

泉子：文学与绘画从来相互滋养。我想把文学与绘画比作一双眼睛，或者说是两口在深处相连的井都是合适的。中国绘画艺术中的文人画传统在某种程度上揭示了这两种身份的重叠。苏轼、王维、鲁迅等都曾在不同时代说出两者同源的秘密。请谈谈你曾从文学这一侧获得的滋养？

王犁：因为阅读使我接近文学，我喜欢当代中国作家的小说，它们帮助我体验或者接近自己生活的时代，减少陌生感。阅读选择有时也会受时风的影响，中学时喜欢看知青文学，去感觉我并不熟悉的时代的疯狂和激情，以及那个年代略有走形的理想主义。我曾经在一篇短文——《在阅读中成长》谈到当时的感受，我特别感谢我成长经历中一些影响我的朋友，他们是那么的优秀，中学时期老家的几位文学青年把我领上了阅读的道路，其实当时他们也很年轻，是詹黎平等使我接近当时的张贤亮、冯骥才、张承志、马原、余华、王朔等至今仍然优秀的作家，这种有益的阅读一直延续到现在，他们给我一个不同于原来、不同于自己的思考方式或者是看世界的方式。我也看古代的笔记体和外国小说，但那个年龄段特别喜欢中国现当代作家，因为他们描写的是我们相对接近的世界。现在阅读的疆界早就蔓延出这个仅仅是兴趣的层面，但还保留着信马由缰的毛病。

泉子："信马由缰"是一个美妙的词语。我知道你一直热爱出游，这种在途中的经验带给你最重要的是一种自由的体验，还是对沿途风光、风土人情的观察与收集？你的两次入藏经历对你的创作有什么影响？

王犁：我理解旅游是阅读的另一种方式，假如阅读是借用别人的眼睛看世界的话，旅游就是用自己的眼睛直接看世界。当我们在一个地方呆久以后，我们会习惯一种方式生活，换一个地方我们会用原来不同的方式去感受，有时会更加接近自己。我经常鼓励自己的学生在经济条件允许的情况下，用最简单的方式远行，你会有不同于以往的收获。旅游或者旅行是一个奢侈的词，我更喜欢"远行"这个词语，它有一种不可知、通过自己的努力可以获得的感觉。当然远行与风光、风土人情有关，它们可能会成为我的绘画内容，也可能不会，在一个地方呆久了我总愿意出去走走。西藏确实是个迷人的地方，我愿意去第三次、第四次，西藏地域的特殊性会给每个人带来不同的审美感受，何况我们这些想斩获的人。我第一次是带任务去的，回来要完成毕业创作。第二次只想去走走，甚至只想在拉萨的街上坐坐、发傻或者抬头看看天，正好有那个时间，又有那点钱。虽然目的不一样，但感觉都很好。

泉子：我一次从你的水墨的人物形象中看到了你个人的气质，这些省略了五官与衣着的形象，我从中看到的是你自己的气息。艺术家笔下的人物都是自己的一个侧影吗?

王犁：是的，我是喜欢把“我”放进自己作品的画家，但这种个人化情绪流露并不一定适合每一位读者，只是让喜欢的人喜欢它。当然我们成长的每个阶段都有不同的认识，认识总是会引导着我们的叙述和表现。

泉子：你如何看待当代艺术中标新立异的潮流？艺术的独特性是一种个性化标签，还是在倾听与追寻身体深处河流的流淌中与其他的流淌之间呈现出的那些细微差异?

王犁：我不喜欢“标新立异”这个词语，它往往等同于简单，艺术潮流与时尚潮流还是有所不同，“标新立异”往往是妥协后的所谓艺术与时尚的合谋，艺术的独特性需要打磨、需要更深层次的追求，需要文化积累和审美选择。当代艺术中的前卫性和实验精神一般都在形成潮流那一刻终结，参与者享受着从另类到主流的快乐时牺牲了艺术的品质，先锋沦为时尚是现今的时代特征，也是当代艺术的陷阱。中国人在文化上或者艺术上不怕走得太远，这里的“远”包括时间和地域的概念。最怕的是媚俗、太左、江湖等一系列中国特色，文化媚俗和学术江湖化是一件可怕的事情，近几年还有打着民族主义旗帜披着貌似正义外套的干叫声，还好我们已经不会回到太左的年代。我不喜欢标签似的艺术个性，在艺术探索的初期总有这样那样的表面性，这些表面的尝试总比那些不动脑筋的重复来得可敬。作为艺术家个体能够安静地倾听与追寻身体深处河流的流淌与其他流淌之间的那些细微之差异当然是一件非常快乐而且充满诗意的事情。

泉子：你最近画了一系列的人物，他们大多赤身裸体，这组"去蔽"的身体说出的是欲望，还是隐秘的对自由的向往？

王犁：近三年我基本上以裸露的人体为题材，去叙述青春期的记忆，就像当时留下的心情日记。一种记忆的"我"和想象的"我"不停地在画面出现，当然这是以男性为符号的图像，还有以女性为符号的图像是我"青春"的恋人。环境是杭州，西湖边的山山水水，富有传统人文气氛的自然。这些作品尺寸都不大，几乎跟日记本差不多大小，尺寸大小是有意为之的，学院毕业的人都画惯了大画，不太会画小画，特别像我，刚毕业那几年还为不会画小画而烦恼。要小就再小一点，画了几年手掌那么大的作品。人容易习惯和遗忘，当我开始习惯于操起笔就画小画的时候，反而更有画大画的欲望。我注意到你提问的三个词"欲望"、"隐秘"、"向往"，我的绘画确实与它们有关，自由是有限的，想象是无限的；隐秘正是对欲望的限制，隐秘本身也有无限的想象空间，我想这个空间肯定与我的绘画有关。

泉子：相对"欲望"、"隐秘"、"向往"，我以为，"自由"

可能是一个更接近于艺术本源的词语。或者，我更愿意换一种说法，“想象是有限的，自由是无限的”。诚如你所言，绘画确实与“欲望”、“隐秘”、“向往”等有关，但如果我们可以在自由中发明出我们的目的地，我们的所往，那么，我们会发现，“欲望”等词语可能更接近于我们所往的栈道与沿途的风光。

王犁：向往自由和满足欲望是所有生命体的共同追求，只是理解不同，不同的文化层次有不同的认识。我倒更喜欢用你常说的“艺术家应该表现自己对宇宙的认知与对生命的理解”，来表述这种认知。非常形而上，其实画家经常会被形而下的技术牵着走，也很无奈！

在绘画中我常常有这样的体会，有时有一种表达的欲望或者是想传达一种非常自我的认识，又会因为语言掌握的局限性，不能淋漓尽致地畅所欲言，仿佛不是在使用自己的母语。这时我会去选择，尽量去寻找到一种接近自己想法的方式，有时甚至会偏离原来的想法，表述完后成为另一种现实。我想知道作为诗人会不会碰到这样的情况？

泉子：这样的体验或者说是“词不达意”的经验，我想每一个创作者都会遇到。这之间可能又有两部分组成，一是语言自身的，甚至是生命体的局限。艺术在本质上依然是我们在“悟道”，在对事物认识过程中的副产品。诗歌受制于词语，绘画受制于色彩，音乐受制于音符。它们那些最伟大的主人们试图将这样的制约限制在最小的可能中。但即便是如此之小，它依然是一种代价。语言与事物之间的距离，正是我们与神的距离。

"神"的世界，或者说是真理的世界为我们标志出了那永远不可逾越的边界，同时又为我们揭示某种可能性，这几乎是每一个艺术家全部的宿命。

而在另一方面，在具体的创作中，我又想同时强调技术的重要性，它也是我们更准确与简洁地传达我们内心的感动与认知的保证。我比较倾向于美国技术派大师、诗人庞德晚年对诗歌艺术的表述："技巧是不重要的，但它在考验一个诗人的真诚。"

王犁：是的，我非常同意你说的"神"的世界(或者说是真理的世界)为我们标志出了那永远不可逾越的边界，同时又为我们揭示某种可能性，这几乎是每一个艺术家全部的宿命。我们在与"神"接近的道路上，能感知到某种可能性，已经是幸福的事了。有时我会产生悲观的想法，当我们为某种接近而欢呼的时候，我很担心反而更加远离"真理"。我一直生活在这种担心之中，你看我是那么的不自信。我经常聊到我这个阶段已经懂得什么是不好的，但仍然不能够自信地判断什么是好的，当然艺术并不能简单地用好和不好来说明。生活中我们又经常会看到由于审美认识的不同，有些努力、有些辛苦、有些漫长的付出，从另一个角度看，是毫无意义的瞎折腾。

我也会想到自己的追求也可能是这种歧途，因为现实确实弥漫着远离真知的可能，人有时会害怕起来。

泉子：我确信绝对真理(神)的存在，但我们任何对真理的认知与表述都是一种相对的真理，包括我们此刻的言说。绝对的真理真实地存在着，但我们永远无法抵达。这成为我们的一种宿命的同时，只要你有心，你一定能读出其中的祝福。诚如你所言，“现实确实弥漫着远离真知的可能”。但这也正是诗人、画家甚至是科学家存在的意义。这也生成了一个标尺，一种真正的考验。是的，诗人(画家)不要被一种表面的相似所蛊惑，因为，你是那被赋予穿越事物表象，以为更多的人群带回事物深处的消息的使命的人。

就像佛教能穿越千年的时间来到我们中间，不仅仅是因为像释迦牟尼、慧能这些金字塔顶端的真正意义上的信仰者，它同样感恩于那些无数世俗意义上的僧人、悟道者，那些在金字塔顶端以下的无穷无尽的多数，他们也是释迦牟尼、慧能们的力量源泉所在。

最后，我想与你分享与共勉一些最新的感悟，“在一种最坚定的信念中，一定能揭示出一种你我所未见的奇迹”。

王犁：为人类创造文化高度的人正是站在这金字塔顶端的神，不管在阅读还是在博物馆中与他们邂逅，我内心总是产生一种相同的感觉，一种崇高和光荣——无言以对的感觉，还有茫然、眩晕——像从黑暗的屋子里突然出来，有一种雪盲的感觉。我不知道你有没有这种经验？去年在阿姆斯特丹的国家美术馆直面伦勃朗是这样，这次在圣彼得堡的阿尔米塔什博物馆也是这样，面对这些经典，同行的朋友很想听我说说，我张开嘴又什么也说不出来，前几年上海博物馆看国宝展的时候也是这样。

作为以水墨为工具的中国画家和现代诗人一样面对共同的问题，就是五四新文化运动后文化背景的变化。我很想知道白话文之后的中国现代诗历史并不长，它有没有产生具有历史高度的人物？特别是现代诗歌与古代诗歌又那样的不同，正如王小波在随笔里说的他几乎是在向译本学习写作，现代汉语几乎是提倡白话后翻译家创造的汉语。就像当代中国画画家一样，工具材料没有变，审美要求没有变，但我们的知识结构变了，叙述方式也变了，有点像现代诗歌和古代格律诗的关系。

泉子：这种变化可能并不始于五四，但五四新文化运动无疑是一个标志。任何一种标志物的生成，往往有着更久远以及更深层的孕育。

汉语古典诗歌在经历盛唐巅峰式的辉煌之后，一直走在一条衰败之路上，直到五四。

之后，汉语新诗出现。汉语新诗的出现不会仅仅是对西学的一种简单移植，而是汉语自身内在发展的真实诉求对西学的一种呼应。

而对一种正走向成熟的文体，或者说艺术形式来说，一百年并不是一段漫长的时光。它的标志性的代言人，可能还在路上，也可能他(她)已以并不为我们所熟知的姓名与面目来到了我们中间。

王犁：对于古典诗歌我有不同的理解，诗歌作为古代文人最直接的抒情方式，有可能唐代以后强大的社会空间或者是庞大的顶级创作群变了，但她的制高点只是正常的起伏变化，我就特别喜欢清诗，那种顶级高手如黄仲则等是不输前代高手的，特别在清末的社会急剧变化中那些反映社会的写实作品，真能感到他们的厉害，那种知不可为而为之的厉害。我在想有没有这样的可能性，极少数顶级的创作者在他们的高度起伏变化，而我们阅读的普遍性变了，我们阅读的兴趣点变了，还有阅读的水平降低了。我有这种恐惧感！实际上当代也有那样的高手，但我没有那样的判断能力。我在看民国的一些古体诗人的作品，如沈祖芬、吕碧城那些才女们的作品，精彩得真可逼古人或者唐人。我在想是不是我们的时代变了或者我们的环境变了，古体诗歌的没落成为必然，我时常想假如没有白话文运动，现在的文学又是怎样，当然历史没有假如。

泉子：我部分地同意你的观点。

任何一个时代都会有一批优秀的诗人与艺术家，如果我们独立地观察一个时代时，我们会发现任何一个时代都会呈现出一个独立的金字塔。历史的长河就是由无数这样的金字塔连缀而成的山脉。我曾在一首诗中提到，“一个伟大的时代可能是这样的/它不是一个时代/而是一群人”，这是一群处于金字塔最顶部的人，他们共同构成了一个时代的标记与记忆。但这些金字塔的高度是不同的。它们取决于那广阔的底部，并从那无穷无尽的多数那里源源不断地汲取力量。或者说，那就是一个时代的“气”。

我不是在否认黄仲则的优秀，但我想说的是，李白必然、也只能出现在盛唐。我们不会、也不必抱怨自己不能成为李白，但我们可以抱怨我们没有出生在唐朝。是的，“我”不是“我”，“我”此刻说出的也不是“我”一个人的声音，而是无数的声音之合流。

另外，我想说的是，千古不易的只有真理，我们对真理的认识会因我们所处之地、之时以及角度的不同，而获得独特性。独特性不是一种目的，而是我们在探求真理的过程中一种自然的呈现。如果真理在我们的言说中得以更清晰地显现，那么，我们是以古体格律诗词，还是现代自由诗歌的方式，这已不再重要了。

王犁：我非常同意你的这句话：“我们对真理的认识会因我们所处之地、之时以及角度的不同，而获得独特性——”，这句话可以给拿着古代的工具、阅读着古代画论的当代中国画家减负，对事物认识的独特性，在我们追求过程中倒可以努力。

作为艺术家的自己，倒不担心能够成为什么程度的什么，担心的是面对历史留给我们的文化遗产和自然的美丽，没有“看”的能力，没有“看”的心，这是我一直感到恐惧的内质，也是我悲观和不自信的原因。所谓我睁着眼睛，但我什么也看不见。当然我们不可能什么都懂，我的理想是应该有能力更多地享受到文明的精彩，当然这只是一个理想。我总感觉这个世界是精彩的，自然、文化等等，我们只拥有低层次的能力去接近，每次在博物馆看经典的时候就会有这种感觉，她很精彩，但我只能享受到她的皮毛，多少次“看”的经历让我感到自己的脆弱。自己能够创作什么开始越来越不重要，越来越能体会到郑板桥的那方印“青藤门下走狗”的心情，当然扬州八怪有猎奇的风尚。

泉子：我这段话可能还是无法给“拿着古代的工具、阅读着古代画论的当代中国画家”们减负呢。因为这种独特性最终是否有效是以其抵达真理的能力来检验的。我更倾向于石涛“笔墨当随时代”的观点。

我们每一个人都有两个故乡，时代是我们在时间中的故乡。就像我们无法选择自己的出生地一样，我们也无法选择我们在时间中的故乡。时代在提供给我们一个观察、认识世界的可靠的支点的同时，它又几乎是我们全部的宿命，或者说是那全部的幸与不幸，全部的祝福与惩罚。诗人保罗·策兰曾说："诗人必须穿透时代，而不是越过时代。"是的，时代是重要的，因为它提供了一个支点；时代又是不重要的，因为我们必须透过与超越时代，以抵达一种普遍的情感，那千古不易之处。任何一个时代都是这样的短暂。我想再次强调的是，千古不易的只有真理，只有"道"，而作为探索真理的一种方式，"笔墨"与其他的艺术形式一样，一直处在一种或疾或徐的变化之中。

对于郑板桥这方著名的印我读出的，是一个艺术大师在面对传统时的敬畏与谦卑。这种对自我的揶揄中，其内心深处恰恰是极其的自信。而在今天，这种敬畏感与谦卑是越来越少了。

王犁：我在读"青藤门下走狗"时，体会到一种共同追求、审美标杆、个体宣言、内心深处的"灯"，而你的解读正好是一种不可缺少的补充。

我与朋友们也会聊到"笔墨当随时代"的意义，我有时也会聊到时代错了怎么办，假如没有独特的认识和认识真理的能力，我们也很快会随上我们根本感觉不到的以为是欣欣向荣的时代，这在我们上个世纪并不是没有例子。"诗人必须穿透时代，而不是越过时代。"让我感到人类的高度和希望，真理的"神"性。阅读西方文人的东西，处处能够体会到那种人作为个体的力量。对于普通人来说，我们实际上是在重复，个人和时代都是在重复极少数人想突围又随时进入迷途的危险。这种认知上的危机感实际上比专业上的不可为更恐惧。

当然在我现在的阶段，思考在继续，认识在提高，专业自身的困难和不满意，以及有点意向而又很模糊，也时时困扰着我。

泉子：“笔墨当随时代”中当随的并非是时代的潮流，时代是一个我们眺望整个宇宙的支点，或者说，我们对真理的探索与认知将从我们置身的时代中获得着力点。

当时代的潮流通往真理，那么，一个时代那最优秀的部分，他(她)就是潮头的引领者，反之，他(她)就是一个坚定的反对者。

如果说重复，只有真理才是一个真正的重复者，因为千古不易的只有真理，只有“道”。或者说，只有至真、至善、至美之处才有力量成为那真正而永远的重复者，而不完善、不圆满才会各各不同。

我愿意这样来统一“笔墨当随时代”与“笔墨千古不易”这两种表述之间的差异，当随时代的是作为一种技巧的笔墨，而千古不易的是笔墨深处的真理。

王犁：当随时代的是绘画的语言，千古不易的是对笔墨审美高度的不懈追求。潮流影响的力量也不是个体能够回避的，一个有真知灼见的人或者一个头脑清醒的人应该是超越潮流的人，做这样的人是何等的不容易，只有研究历史、洞察事物发展的规律、可以站在潮流之外俯视当下的人，有的是时代的旁观者，有的是潮流的引领者。在阅读中感到了这样的人的早慧，他们的认知是一般人的两辈子或者几辈子不可能达到的。在看梁漱溟的《朝话》时，就有这样的感受，阅读的过程中一直以为是一位老人历尽沧桑后的娓娓道来，后来了解他的生平时，才知道是他年轻时参与"乡村运动"早课时的记录，唉！实际上，面对潮流我们能够做得尽量的不媚俗已经是非常不容易的事，何谈肯定的不媚俗，更奢谈超越。但在生活中也碰到过一些在任何困难的时候都不会放弃自己的追求和降低对自己要求的朋友，我是那样的尊敬他们，并努力以他们为榜样。

泉子：佛教讲求"见性成佛"，佛其实就是一个彻悟者。同时，佛教又是追求快乐的宗教，无论是初级目标转生人天，还是终极目标解脱轮回的涅槃和成佛，都是不同层次上的快乐。小悟中可见小的快乐，大悟中会有大的快乐，而至乐只在彻悟中。

很高兴能与你就艺术进行了一次充满愉悦的交流，作为朋友，作为同道人，也作为乡党，这同样是我们悟道的一种方式。我想借用明代文人杨慎的诗歌来为我们这次书面的交谈来做一个小小的停顿，"滚滚长江东逝水，浪花淘尽英雄。是非成败转头空。青山依旧在，几度夕阳红。白发渔樵江渚上，惯看秋月春风。一壶浊酒喜相逢。古今多少事，都付笑谈中"。

王犁 · 绥德老汉

纸本墨笔 · 36cm×25cm

2007

王犁 · 绥德写生

纸本墨笔 · 36cm×25cm

2007

⑤后记

用文字来记录事物的最初记忆或许是上小学时候的一个暑期，父亲安排我和姐姐去南京，对于农村长大的我来说是多么大的诱惑啊！但父亲有一个要求就是希望坚持写日记，回来后没有几天，在少年日子的欢快中，自然而然结束了这种被动的开始。后来好像有过几次写作企图，大多是记录初恋的躁动或者是失恋的忧愁，断断续续、稀稀拉拉的文字，现在看来倒是真实和美丽。大学时期养成了下乡写随笔的习惯，只要是陌生的去处，都会留下些文字，虽然有点流水账，也是真实的停顿，随着时间的流逝会感到它们对于自己的意义，至少记录了那时的真实。近些年来我越来越不相信记忆，记忆永远是不真实的，它会在你回想中不自觉地修饰或者潜意识地篡改，使大脑的回放在时间的流逝中成为顺其自然的幻想，这时我们会感到原先点滴记录的重要。

只要有感就记录，陆陆续续也有十几万字，由于是业余爱好，反而更加轻松、快乐。整理过程中除去一部分的访谈文字，留待以后另成一册。剩下基本上是与自己的成长和阅读有关的文章，其中几篇评论文章虽然是写人，写自己心中的师长和自己眼里的朋友，其实也是写自己。在这本书成形过程中得到我喜欢的诗人王良贵先生的帮助，他为书的编辑校对做了大量的工作，并完成一篇洋洋洒洒的序言。也感谢台北何怀硕先生题写书名，由于参与文库的体例没有印在封面在此表示歉意！八年来的通信已集成厚厚的一摞，我向他请教，也共同讨论问题，他几乎成了我没有见过面却非常熟悉的老师，2005年才在上海第一次见面，当时怀硕老师开玩笑地介绍说："这是我没有见过面的老朋友。"

《一座被浪花围困小镇之上的絮语与倾听》是一份文学杂志"诗人和画家对话"栏目主持泉子的约稿，在对话中深切地体会到诗人是怎样借助语言使思想飞翔，而让我感到自己的臂力不足。

由于是第一次正式出书，我还想借此感谢吴山明先生和师母在我步入社会之初，工作和生活碰到困难的时候，对我亲人般的关怀和帮助。

最后，还要感谢山东刘明波、河北崔海、北京汪为新等好友的推荐和怀一兄为书的付梓所作出的努力。

王犁

2007年8月7日 杭州兴坞居